LÉON BLOY

Je m'accuse....

Vignettes et Culs-de-Lampe de Léon Bloy

PARIS

ÉDITION DE « LA MAISON D'ART »

23, RUE DE VAUGIRARD, 23

1900

à Gabriel Randon

Son ami

Léon Bloy

JE M'ACCUSE...

DU MÊME AUTEUR

Le **Révélateur du Globe** — (*Christophe Colomb et sa Béatification future*). Préface de Jules Barbey d'Aurevilly.

Propos d'un Entrepreneur de démolitions.

Le **Pal**, pamphlet hebdomadaire — (Les 4 nᵒˢ parus).

Le **Désespéré**, édition Soirat, la seule approuvée par l'auteur.

Un **Brelan d'Excommuniés** — (*Barbey d'Aurevilly — Ernest Hello — Paul Verlaine*).

Christophe Colomb devant les Taureaux.

La **Chevalière de la Mort** — (Marie-Antoinette).

Le **Salut par les Juifs.**

Sueur de Sang — (1870-1871).

Léon Bloy devant les Cochons.

Histoires désobligeantes.

Ici on assassine les grands hommes, avec un portrait et un autographe d'Ernest Hello.

La **Femme pauvre,** épisode contemporain.

Le **Mendiant ingrat** (Journal de Léon Bloy. 1892-1895).

Le **Fils de Louis XVI,** avec un portrait de Louis XVII, en héliogravure.

SAINT-AMAND, CHER. — IMPRIMERIE BUSSIÈRE

LÉON BLOY

Je m'accuse.....

Oui, sans doute, Emile, je comprends, tu souffres d'être cru, par les jeunes, — peut-être, aussi par quelques vieux de mon espèce — un jean-foutre et un gaga. Ta probité vénitienne te força, en 1896, de confesser cette tablature sans grandeur....

Vignettes et Culs-de-Lampe de Léon Bloy

PARIS

ÉDITION DE « LA MAISON D'ART »

23, RUE DE VAUGIRARD, 23

—

1900

Il a été tiré de cet ouvrage :

*Dix exemplaires sur papier des manufactures impé-
riales du Japon, numérotés de 1 à 10 et vingt
exemplaires sur papier de Hollande numérotés de
11 à 30.*

JUSTIFICATION DU TIRAGE :

Déclaration préliminaire

Cloacam maximam, re-
ceptaculum omnium purga-
mentorum urbis (id est Zola),
...dicebat Patavinus.

Ce livre aurait dû paraître avant la fin de l'année dernière. Aucun éditeur, jusqu'à ce jour, n'a osé la publier. Ce simple fait dit éloquemment notre misère.

Donc, il y eut une seule voix en France pour protester contre l'avilissement universel et cette voix n'eut pas le moyen de se faire entendre. Soit, il valait mieux, sans doute, ne gueuler qu'aujourd'hui.

L'Affaire est loin, rudement loin, elle est devenue télescopique. Elle a, par conséquent,

cessé d'obstruer le peu de raison que la vacherie démocratique nous a laissé.

Quelques furieux de l'été dernier ont vu
s'éteindre leur fureur dans le mépris équitable où se noyèrent indistinctement tous les
mimes de la farce atroce.

Les imbéciles eux-mêmes commencent aujourd'hui à entrevoir la magnificence avec
laquelle on s'est payé leurs figures, et combien Zola s'est foutu de la Vérité et de la
Justice, dont il osa polluer les vocables de
sa main merdeuse.

Le drôle, cependant, toujours caroncule au
vent et toutes les plumes de sa queue en l'air,
ne paraît pas avoir perdu un atome de son
importance.

Y eut-il jamais rien d'aussi inouï, d'aussi
inconcevable, d'aussi accablant?

La nation de Châteaubriand, de Lamar-
tine, de Victor Hugo, de Balzac, prosternée
devant Emile Zola!!! Et personne pour vo-
ciférer, pour remplir de cris douloureux la
terre et le ciel, au spectacle de cette effroya-
ble ignominie!...

J'ai connu un artiste, un vrai, un être
exceptionnellement haut et noble, que le seul

nom de *Zola* offensait, révoltait, mettait en fuite, comme aurait pu faire un excrément.

Eh bien! depuis l'*Affaire*, il est devenu l'admirateur, vous avez bien lu, l'AD-MI-RA-TEUR de *Zola*, le serviteur très-respectueux du titulaire de ce nom de vomissement et d'opprobre!

Dégringolé au niveau des bourgeois immondes, il a cru fermement, comme l'aurait cru le plus bas chien du dernier ressemeleur de *Bruxelles* ou du *Grand Montrouge*, que le scribe des Rougon-Macquart *pouvait avoir eu un éclair de désintéressement ou de générosité...!*

Après cela, comment ne pas songer à l'idiotifiant pouvoir attribué à certains démons?

Pour ce qui est de moi, je déclare qu'on me fera expirer dans les plus horribles tourments avant d'obtenir que je sacrifie à une aussi fécale idole, ou même que je consente à la regarder, ne fût-ce qu'une fois et de très loin, sans exprimer, de manière ou d'autre, mon dégoût immense.

Dussé-je rester seul, je vilipenderai et je conspuerai, jusqu'à l'extinction de mes forces, le répugnant crétin et l'abominable voyou gâ-

teux, adoré pour sa vilenie *par les lâches fils de la Reine des nations vaincue.*

Si la France est maudite, rejetée de Dieu, gisante sous les pieds des peuples, si c'est bien cela qu'il faut entendre, alors qu'elle crève une bonne fois et que tout finisse et que la planète, privée de son AME, *roule, comme une chose morte, dans l'immensité !...*

N'importe quoi vaudra mieux que ce vautrement dans les déjections d'un tel salaud !

LÉON BLOY

Kolding, Danemarck, Vendredi Saint, TREIZE *avril, 1900.*

A Octave **MIRBEAU**

Contempteur célèbre des faux artistes
des faux grands hommes
et des faux bonshommes

JE M'ACCUSE

très-humblement et très-douloureusement,
d'avoir, en 1889, le 21 janvier, publié au *Gil
Blas*, un article sot où je prostituais le nom
d'« Antée » à Emile Zola, supposant une grandeur — matérielle seulement, il est vrai, — à
cet avorton.

C'était trop, mille fois, je le confesse et mon
repentir est sincère.

Sans doute, l'ignominie excessive des dernières œuvres n'avait pas encore éclaté. Mais
n'était-ce pas assez des antérieures ordures ?

Pour tout dire, je suis d'autant moins
excusable que je ménageais ainsi, *pour la
première et dernière fois,* une situation fort
précaire au journal immonde qui m'em-
ployait.

Que cele soit dit enfin pour que les confrères excellents, qui passent leur vie sur le trottoir, sachent à quel point je suis leur semblable.

Le rôle de l'Ane dans *Les Animaux malades de la peste* me plaît fort et je m'y prête volontiers.

Peut-être aussi obtiendrai-je, par ce moyen, le silence de quelques amis redoutables qui ne laissent échapper aucune occasion de me rappeler, avec de cuisants éloges, cette aventure qui me déshonore.

LÉON BLOY.

PREMIÈRE PARTIE

LE CRÉTIN DES PYRÉNÉES

On a dit aux peuples de regarder en haut. C'est un langage qui, parfois, me semble impie.

> *Discours de Zola au banquet des étudiants,*
> *18 mai 1893.*

Le travail, c'est ce qui nous sauve du rêve et de la chimère et nous assure la santé.

> *Idem.*

L'homme qui travaille est toujours bon.

> *Ibidem.*

Tous les pays latins ont su me considérer comme un travailleur sincère. Cela me suffit.

> *Interview du dit par un imbécile du*
> *« Gil Blas », 26 mars 1894.*

Je suis encore assez fort et les jeunes gens n'ont presque jamais le poignet assez robuste pour couper le jarret aux *lions...* En ce qui me concerne, je n'ai pas grande envie de partir.

> *Même interview.*

I

J'ai payé *deux mille quatre cents francs*
le dernier roman de M. Emile Zola. Ce travailleur sincère et bon, qui ne hait pas de
profiter du travail des autres, daigna prélever,
pendant un assez long temps, le trente pour
cent sur le pain des miens.

Je me suis paré de cette insigne décoration
dans ma brochure : *Léon Bloy devant les
cochons*, dont j'ai fait, d'ailleurs, ainsi qu'il
convenait, l'hommage le plus empressé au
vieux *lion* qui règne, à Médan, sur Paul
Alexis, dans les environs de Poissy.

On m'accordera, j'ose le croire, qu'une
telle contribution me remplit du droit de

2

parler, encore une fois, de M. Zola, fût-ce
pour m'aplatir, comme une punaise, devant
la majesté de ce receveur.

Depuis environ deux ans qu'on annonça
Lourdes, j'avais empilé chez moi de vieux
journaux mentionnant diverses palabres du
pontife, dont j'espérais une grande lumière.
Hélas !

« Je me demande parfois, avec une certaine anxiété, — disait, un jour, à ses chers
étudiants, le révélateur de *la Religion du
Travail*, — je me demande ce que deviendra
mon œuvre entre les mains des jeunes
hommes que je sens monter derrière moi ».
La réponse est trop facile.

Mes documents, je le prévois, iront indu-
bitablement aux latrines, en compagnie du
bouquin de *Lourdes* lui-même, et je veux
bien qu'on me fasse bouillir le derrière si je
leur trouve un plus pertinent emploi.

Le cerveau du père des *Rougon-Macquart*,
quel que soit son tonnage, ne contient pas
une grande variété de marchandises. Quand
on a lu cent lignes de ce négociant littéraire,
on a tout lu, et l'écrasante masse de son der-

nier avorton n'ajoute absolument rien aux coïonnades qui ont précédé.

C'est toujours, invariablement, l'expérimentalisme grossier d'un Bacon de table d'hôte, l'horreur du mystère, la science, l'évolution, le travail, le saint coït, l'éternelle resucée de l'atavisme, de l'hérédité, de la dégénérescence, etc. Et toute cette vacherie d'idées, dans quel style, bon Dieu !

Ah ! il ne se renouvelle pas, le vieux serpent, et n'*évolue* guère, je vous en réponds.

Les clichés Zola sont assez connus : « le soleil qui *met sa note claire* sur quelque chose », par exemple. Bien que je ne les aie pas comptés, j'estime qu'ils ne peuvent guère dépasser le chiffre de trente ou quarante, servis régulièrement et infatigablement, depuis qu'il y a des *Rougon* et qu'il existe des *Macquart*.

Il paraît que cela suffit aux cent cinquante mille clients de *Nana* ou de la *Débâcle*. Plusieurs même doivent trouver que c'est encore trop littéraire, trop encombrant.

Le débit serait peut-être plus énorme si on

écrivait décidément, résolument et tout à
fait comme un gendarme ou comme un
garde-barrière, mais il faut bien faire quelque
chose pour l'Académie.

Chacun de ces inusables clichés, dont
Monsieur Zola est l'heureux fermier, fut cal-
culé pour un nombre indéterminé de situa-
tions identiques où le lecteur est toujours
certain de les retrouver. Il est vraiment
difficile de se tuer moins que ne le fait ce
grand travailleur.

Certes, je ne puis être accusé de fanatisme
pour Flaubert dont tous les livres, à l'exception d'un seul, m'ont exaspéré. Tout le monde,
pourtant, sait le labeur infini de cet homme,
« courageux autant que tous les lions, —
disais-je en 1890, dans une oraison funèbre,
— mais acharné sur une idée imbécile et
s'efforçant, vingt années, d'extraire de son
intestin le ténia séditieux et inextirpable de
l'Inspiration ».

N'étant rien qu'un volontaire, il ne put
créer une œuvre de génie, mais il fut, incontestablement, l'un des plus *probes* écrivains
qu'on ait jamais vus. Il laissa peu de livres,

parce qu'il se contentait lui-même difficilement, si on peut dire qu'il se contenta, et ces
livres, à si grand'peine obtenus, se vendirent
peu, n'étant pas faits pour la multitude.

Que ne dirait-il pas, l'incorruptible, en lisant aujourd'hui *Lourdes* ou la *Bête humaine ?* en voyant reparaître, toutes les
vingt pages, les isochrones formules de ce
balancier inconscient qu'on nomme l'auteur
et dont le va-et-vient perpétuel donnerait le
mal de mer à des albatros ?

Que ne gueulerait-il pas en son *gueuloir*,
l'orageux martyr de la phrase, en appre-
nant qu'un si fangeux domestique de la po-
pulace, un tel messie de la tinette et du
torche-cul, ose, quelquefois, le mentionner
comme un précurseur ?

II

« On sort de la lecture de l'*Assommoir*
comme les cochons sortent du bourbier.
Bourbier, en effet : bourbier de choses, bourbier de mots, un irrespirable bourbier.

« M. Emile Zola a voulu travailler exclusivement dans le Dégoûtant. Nous avons su
par lui qu'on pouvait enfin tailler largement
dans l'ordure humaine et qu'un livre fait de
cela seul pouvait avoir la prétention d'être
beau...

« L'auteur de l'*Assommoir* est un Hercule
souillé qui remue le fumier d'Augias et qui y
ajoute ! Si vous ne me croyez pas, lisez son
livre. Plongez-vous dans ce gouffre d'excréments et si vous pouvez y rester sans étouffer

ou sans vomir, vous verrez que l'ordure y
veut être de l'art encore et du plus grand.

« M. Emile Zola croit qu'on peut être un
grand artiste, en fange, comme on est un
grand artiste en marbre. Sa spécialité, à lui,
c'est la fange. Il croit qu'il peut y avoir très-
bien un Michel-Ange de la crotte !...

« Sa langue d'artiste, il l'a dégradée et
perdue dans les argots les plus ignominieux
des cabarets. Il a pris la langue du peuple.
Dépravé par son sujet, il parle, en ce roman,
comme les personnages qui y vivent. Il use
d'un style dont il est impossible de ramasser
une phrase, eût-on un crochet de chiffonnier
pour la prendre et une hotte pour l'y jeter.
Il n'a plus de personnalité !

« Il a oublié Balzac, lui qui l'imitait trop.
Le grand homme de la *Comédie humaine* a
créé et fait souvent parler, pour le besoin de
ses romans, des Auvergnats, des Allemands,
des portiers ; mais sans pour cela devenir
Auvergnat, Allemand ou portier. Le dia-
logue fini, le romancier reprenait son récit et
sa page, y versant son style et sa pensée,
mais M. Zola n'a ni style ni pensée à verser.

Il n'a plus dans le ventre que la conscience même de ses personnages, que leurs ignobles passions, leurs horribles manières de sentir et de s'exprimer. Il s'est enfin coulé et dissous dans leur boue pour s'être trop acharné à la peindre. Il est devenu boue comme eux... Châtiment mérité d'un talent qui s'est avili ! (1) ».

Il m'a paru agréable de remettre sous les yeux d'un chacun cette page de Barbey d'Aurevilly, écrite au lendemain de l'*Assommoir* et probablement oubliée.

(1) En réponse à ce jugement du haut écrivain dont il était peu digne de cirer les bottes, M. Zola ne manqua pas de publier, péremptoirement, que l'auteur des *Diaboliques* était PAUVRE.

III

Les usiniers ou les entrepositaires de
comestibles admettront difficilement, je le
sais bien, qu'un romancier qui gagne deux ou
trois cent mille francs par an, avec un seul
tomé, puisse être un *crétin*.

Dieu me préserve de la tentation de faire
comprendre quoi que ce soit à ces hommes
utiles ; mais je suis prêt à livrer mon cœur à
la personne qui me révèlerait un mot plus
juste, une épithète plus vraie, un qualificatif
plus certain, un emplâtre plus avantageux
pour blinder la face d'un scribe déjà plas-
tronné de gloire, qui n'a pu rencontrer uné
pauvre idée pendant trente ans, une gue-

nilleuse idée qui se donnât véritablement à lui. C'est confondant.

M. Zola est le Christophe Colomb, le Vasco de Gama, le Magellan, le grand Albuquerque du Lieu Commun. Il équipe une flotte de trois cents navires et presse une armée navale de trente mille hommes téméraires pour découvrir que « tout n'est pas rose dans la vie », qu'« on n'est pas toujours jeune » ou que « l'argent ne fait pas le bonheur ».

— Ce continent m'appartient ! s'écrie-t-il alors, en piaffant de son pied vainqueur, et il déploie, au nom du Positivisme, l'étendard couleur de bran des documentaires.

Le Lieu Commun s'échappe sans interruption de ce Découvreur conquérant, comme l'eau des sources miraculeuses.

Dans les livres effroyablement copieux qui précédèrent la *trilogie* dont il nous offre aujourd'hui le premier chant, les lieux communs, toujours canalisés avec méthode, avaient coulé dans les diverses vallées de l'Amour, du Rêve, de la Politique, de la Crapule, de l'Art, de la Haute Noce, du Haut Commerce, de la Vie rustique, de la Finance ou de la Guerre ; car le fleuve *jaune* avait paru former un delta, aux embouchures innombrables.

Lourdes, sujet religieux, est le grand estuaire et les autres bras n'ont plus l'air de rien. Il ne fallait pas moins que les Pyrénées pour lancer sur nous ce torrent de rinçures philosophiques et humanitaires :

« La foi aveugle, — l'obéissance sans examen, — le total abandon de la raison, — la foi qui étouffe le torturant besoin de la vérité, — les phénomènes prouvés qui démolissent les dogmes, — la dévotion étroite, — le miracle par suggestion, — la *volonté de croire*, — la tristesse de ne plus croire, — la divine ignorance, — la *dévorante illusion* de l'amour divin, — les exagérations !!! — le bonheur par la foi qui est dans l'ignorance et le mensonge, — les prêtres qui ne sont plus des hommes, — les prêtres *châtrés*, — le suicide *volontaire*, la vie libre et virile du dehors » ; etc., etc., etc.

Je vous dis qu'il n'en a pas raté un seul. Tout ce qui se débagoule de plus médiocre, de plus bête, de plus ignare, de plus mal-

propre chez les commis-voyageurs ou dans
les bas feuilletons anticléricaux rédigés
pour des cordonniers impies ; tous les résidus
des vieilles opinions fétides, vomies autrefois
par les renégats eux-mêmes, goulument réa-
valées par des cuistres abominables et revo-
mies à longs flots dans la gueule des derniers
chiens du Matérialisme ; — M. Zola les a re-
cueillis comme de très-précieux condiments
et les a jetés à brassées dans son chaudron.

Et des phrases telles que celles-ci : « L'histoire ne retourne pas en arrière, l'humanité
ne peut revenir à l'enfance. — L'inexpliqué
seul constitue le miracle. — A quoi bon croire
aux dogmes? *ne suffit-il pas de pleurer et
d'aimer?* »

Enfin, il y en a six cents pages ! Il est vrai
que les habitués de cette cuisine peuvent,
sans déchet notable, se contenter de lire avec
le couteau à papier. Je l'ai dit plus haut, on
y rencontre trop de vieilles connaissances et
les pourceaux même se lassent de ne jamais
obtenir d'excréments nouveaux.

IV

Que mes lecteurs me pardonnent de les
entretenir si longuement de M. Zola qu'il
n'est plus permis d'associer à une préoccu-
pation littéraire.

S'il ne s'agissait que d'une émission nouvelle de ce financier de plume, le respect de
l'Art m'aurait imposé le silence le plus profond. Mais l'attitude suprême que prend aujourd'hui le mastoc, du haut de ses écus, —
grappillés un peu trop cyniquement sur
l'avoir des pauvres, — me paraît au point de
devenir tout à fait insupportable.

L'année dernière, ne se vantait-il pas, à
Londres, de représenter, à lui seul, les Lettres françaises? L'insolence était si forte que

les journaux même, toujours disposés, pourtant, à sucer l'empeigne d'un victorieux, s'en indignèrent une ou deux minutes. Abois inutiles et peu menaçants qui ne pouvaient le troubler.

Il n'en continua pas moins de se promulguer lui-même. Les étudiants, si littéraires, comme chacun sait, attentifs au pari mutuel et à la pédale, ont besoin de sa présidence pour leurs festins. Les Scandinaves le congratulent et les Anglais même le traduisent. Il est consulté sur toutes matières, étant devenu le Penseur, comme autrefois le vieil Hugo, et sa mitre prépondère en divers conciles. Enfin l'Académie, fille des âges, commence à rougir de concupiscence pour ce balbuzard.

La nécessité d'écrire un livre tel que *Lourdes* s'imposait donc à son vigilant esprit. Depuis quelque temps, en effet, des tentatives de régression au Catholicisme sépulcral se manifestaient. D'inexplicables gens, tels que Paul Verlaine, détraquaient l'imagination des jeunes hommes en leur parlant du Saint-Sacrement et de la Prière dans des lignes d'inégale longueur. Une multitude vaine qui ne lisait pas exclusivement *Pot-Bouille* ou la *Joie de vivre* se précipitait aux pèlerinages. L'urgence éclatait d'un bouquin prophylactique.

L'apôtre des gentils du Positivisme ne balança pas. Muni d'un paroissien et de je ne sais quels manuels de piété facile, pour n'être pas tout à fait à court de théologie et de liturgie, négligeant peut-être un peu trop le droit canon, il alla se documenter sur l'« Idole » qu'on vénère dans les Pyrénées où les montagnards, on ignore pourquoi, s'abstinrent de l'assommer à coups de bâton, ainsi que plusieurs journaux l'avaient joyeusement annoncé (1).

C'est un peu fort tout de même que ce bison, qui n'a plus même l'excuse d'avoir l'air d'être un écrivain, soit admis à déposer son paquet de fiente sur une grande chose qui nous fait, à nous, sauter les larmes des yeux !

« Le miracle de Lourdes, conte de fée, si touchant et si enfantin !... dit-il. L'Eglise, incapable de lutter contre *le vent déchaîné de*

(1) Voir, entre autres, l'*Autorité* du 26 juillet 92.

3

la superstition, s'est résignée à donner aux fidèles ce culte idolâtre dont elle les sentait avides ». Voyez-vous le cafard?

Et il parle de la Foi, « belle fleur d'ignorance et de naïveté... » de « ces âmes de petits enfants qui se donnent tout entières à la moindre caresse de la légende ». Quel style, messeigneurs !

Ce ton patelin et grippeminaud qui rappelle tant le *sympathique Matthieu* et autres sucreries de feu Renan, est une nouveauté chez M. Zola qui fut, naguère, une si belle brute. Evidemment, il prépare son discours de réception à l'Académie française.

Il est l'Impartialité même, il sait tout, il comprend tout et il se fait tout à tous. Un cœur d'or ! « Ne désespérons personne, tolérons Lourdes... *Cependant,* croyez-moi, il est lâche et dangereux de laisser vivre la superstition. Dès lors, ne vaudrait-il pas mieux avoir tout de suite l'audace d'opérer l'humanité brutalement, en fermant les Grottes miraculeuses où elle va sangloter et de lui rendre ainsi le courage de vivre la *vie réelle* même dans les larmes? »

Voilà bien son fond. Il est venu pour
fermer la Grotte, — par amour. Sa raison
lui dit qu'il est préférable de lire *Nana* que
l'Office de la Sainte Vierge, que les deux
cent mille pèlerins annuels feraient mieux
d'acheter sa pacotille de Rougons que de
s'empiler dans des fourgons, et, puisque l'Im-
maculée fait des miracles, le crétin va tout
casser, tout défoncer en en faisant un lui-
même.

V

Et il l'a très bien exécuté, ma foi ! son petit miracle. Oh ! c'est une belle histoire.

Il s'agit d'une « irrégulière de l'hystérie », cela va sans dire, comme doivent l'être toutes les saintes et toutes les femmes qui ne vivent pas exclusivement pour faire l'amour sous les « gais soleils » du matin au soir, selon la physiologie de M. Zola.

« Ses cheveux la vêtaient d'un manteau d'or ». Cette image neuve qui reparaît de loin en loin, comme toutes celles de l'auteur, est l'*unique* trait qu'il puisse offrir pour nous montrer la jeune personne, sur laquelle il paraît, d'ailleurs, avoir épuisé son imagination et son pinceau. Je crois, cependant,

qu'elle a un « tablier de neige » et un « rou-
coulement de tourterelle », mais je n'en suis
pas bien sûr. Ces objets de luxe appartien-
nent peut-être à quelque autre.

Quant au bonhomme qui accompagne à
Lourdes sa fille mourante, il a certainement
une « cervelle d'oiseau ».

Encore une fois, c'est comme cela qu'on
écrit chez papa Macquart.

· Mais le plus beau personnage, le protago-
niste du bouquin, c'est l'amant de la demoi-
selle, un prêtre naturellement. Mon Dieu ! il
n'a pas couché avec elle, si vous voulez. Sa
soutane le gêne un peu. Mais ce n'est pas
l'envie qui lui manque.

L'abbé Pierre est un de ces prêtres, *comme
il y en a tant,* « un prêtre sans foi, qui fait *chas-
tement,* honnêtement son métier », comme
M. Zola fait le sien, sans aucun doute.

Il faut croire que notre poète juge cette
idée aussi forte qu'éblouissante, car je l'ai
lue — identiquement exprimée, — jusqu'à
cinq fois, pages 34, 273, 274, 319 et 597.

Il serait injuste d'exiger qu'un penseur
aussi surmené trouvât le temps de se deman-

der si un homme qui s'est condamné à mentir vingt-quatre heures par jour, sans parler du sacrilège, est précisément un honnête homme. Laissons cela.

D'ailleurs, on est homme ou on ne l'est pas. Et celui-là « n'est pas homme, puisqu'il est prêtre ». Vérité consolante qu'on retrouve *ne varietur* à peu près toutes les vingt pages, du commencement à la fin.

Ne voit-on pas que « la bravoure, la raison, la vie, le vrai homme, la vraie femme », c'est de copuler énergiquement, jusqu'à ce qu'on en crève !

Enfin, l'abbé Pierre est un beau prêtre qui parle bien.

On arrive à Lourdes. Procession des malades à la piscine. Procession du Saint Sacrement. Procession aux flambeaux. Amours d'un monsieur seul avec une hospitalière du Salut *cachée trois jours dans un placard*. Tableaux de foule et raccrochage de prêtres. Prières, cantiques, vociférations, cochonneries et broutilles de toute espèce.

La jeune malade est soudainement guérie, après d'abondantes supplications. N'oubliez pas qu'elle était, une seconde auparavant, sur le point de rendre l'âme.

La foule naïve crie au miracle. Mais l'abbé Pierre, qui a presque autant de génie que M. Zola, sait parfaitement à quoi s'en tenir.

Un jeune médecin d'une intelligence extraordinaire lui avait annoncé, avant leur départ, « d'un air calme et souriant, comment le miracle s'accomplirait *en coup de foudre*, à la seconde de l'extrême émotion, sous la circonstance décisive qui achèverait de délier les muscles. Dans un transport éperdu de joie, la malade se lèverait et marcherait, les jambes brusquement légères, soulagée de la pesanteur qui les faisait de plomb, depuis si longtemps, comme si cette pesanteur se fût fondue, eût coulé en terre. Mais surtout le poids qui écrasait le ventre, qui montait, ravageait la poitrine, étranglait la gorge, s'en irait, cette fois-là, en une envolée prodigieuse, *en un souffle de tempête*, emportant tout le mal. N'était-ce point ainsi, au Moyen Age, que les possédées rendaient par la bouche le diable dont leur chair *vierge* (!?) avait longuement subi la torture? »

Et voilà tout, la malade serait guérie par
« la puissance de l'auto-suggestion décuplée».

La science, on le voit, explique admira-
blement ces phénomènes. Quand elle ne peut
pas les expliquer, elle les laisse. Mais cela ne
prouve rien, au contraire.

M. Zola, ayant ainsi mené à bonne fin son
prodige, verse un dernier pleur sur le célibat
« hautain » de son abbé Pierre ; se livre, derechef, à quelques pensers aussi *nouveaux* que
sa prose ; reconnaît avec bienveillance qu'il
est lui-même la raison, l'auguste Raison ;
vient s'asseoir quelques instants, pour y rêver,
sur ses propres genoux de grand travailleur ;
implore « une religion nouvelle qui com-
blerait son espoir » ; et prononce, en finissant,
que Bernadette, la voyante de Lourdes, a été
« la leçon terrible, l'holocauste retranché du
monde, la victime condamnée à l'abandon,
à la solitude et à la mort, frappée de la dé-
chéance de *n'avoir pas été femme*, ni épouse,
ni mère, *parce qu'elle avait vu la Sainte
Vierge* ».

Crétin !

SECONDE PARTIE

LA DERNIÈRE ENFANCE

EXTRAIT D'UNE LETTRE A UN SOLDAT

25 avril 1899.

« ... Vous m'écrivez que votre qualité d'officier vous rend, à mes yeux, frivole... Mais c'est complètement fou, cela, mon ami ! Suis-je un rédacteur de l'*Aurore !* Comment pourriez-vous ignorer, m'ayant lu, qu'à la réserve du Sacerdoce, *je mets toujours le militaire au-dessus de tout ?* Mais il faut s'entendre...

« Pour en finir avec cette sale affaire Dreyfus, je suis bien forcé, malgré l'infamie extraordinaire de la plupart de ses amis, de regarder comme fort probable que le malheureux homme expie à l'île du Diable le crime d'un autre ou de plusieurs autres, et que le commandement supérieur de notre armée est confié, depuis longtemps, à de bien jolis garçons. C'est une risée et une honte par le monde entier.

« Dreyfus aurait donc été victime d'une iniquité affreuse. Eh ! bien, après ? Il y en a comme ça un million ou deux, par chaque génération, et personne n'en parle. L'intéressant pour moi serait de savoir, au juste, CE qu'expie, là-bas, ce forçat. Car Dieu est infiniment équitable et chaque homme, en ce monde comme en l'autre, a *toujours* ce qu'il mérite.

« Celui-là était riche. Quelle était l'origine de sa richesse et quel usage en faisait-il ? De même qu'il paie pour d'autres, dans son bagne, qui sait si quelqu'un ne paie pas pour lui, d'une manière encore plus épouvantable, au fond de quelque caverne ? Auprès de cela, que sont les autres considérations ?

« En dehors du monde militaire, voyez la

légion de scélérats qui s'agitent autour de cette affaire, *pour ou contre*, depuis Hanotaux et Drumont, pour ne rien dire de l'imbécile Rochefort, jusqu'à l'immonde Crétin Emile Zola et toute sa clique.

« Mais, encore une fois, Dieu sait ce qu'il fait. Vous verrez dans quelle fosse va tomber la France...

« LÉON BLOY »

L'Eglise voit les âmes.
Monsieur Emile voit des étalons.

Certains événements qui n'intéresseraient personne m'ayant forcé de quitter la France, l'hiver dernier, pour un nombre indéterminé de mois ou de siècles, un ami, curieux de me plaire, m'avantagea d'un abonnement à l'*Aurore*.

Cette feuille estimable semblait, en effet, idoine, plus qu'aucune autre, à mon édification.

Bien qu'habitant un trou à protestants de la Chersonnèse cimbrique, je pus donc jouir,

4

autant qu'à Paris, de la prose ineffable du nouveau roman de Zola.

Incapable d'ajourner mes transports, j'eus la bienfaisante idée de me soulager, chaque soir, après la lecture de ce feuilleton.

Les pages qui suivent — extraits plus ou moins copieux d'un « Journal » que je publierai plus tard — sont le résultat de cette pratique.

Kolding, ce 9 octobre 1899,
fête de saint Denys.

. . . .

17 Mai. — Lu dans l'*Aurore* du 15, le premier feuilleton de « Fécondité », nouvelle œuvre du Crétin. C'en est fait. Le cochon n'écrit absolument plus.

18. — Je voudrais, chaque jour, après lecture du feuilleton du Crétin, consigner ici, au profit de la postérité la plus lointaine, quelques remarques ou observations critiques sur cette œuvre. Malheureusement Zola est le premier homme du monde pour ne rien dire en des milliers de lignes, exactement *rien.* En fait de jugements ou d'opi-

nions, son étage intellectuel est si bas que les
analystes les plus crottés n'osent y descen-
dre... Quant à sa forme littéraire, elle est
juste au niveau de son cœur, c'est-à-dire au-
dessous de tout.

J'imagine que le drôle n'a pas *donné* son
papier, mais qu'il a dû le faire payer assez
cher à ses très dignes amis, et que ceux-là,
quand ils sont entre eux, doivent peu se gê-
ner pour traiter leur héroïque et vénéré maître de « rosse, de canaille, de salaud, d'horrible mufle, etc. ». Je crois entendre d'ici la
voix aristocratique de Vaughan, qualifiant le
grand homme de « vieille vache ».

On parle couramment de l' « exil ». Il fallait notre époque pour glorifier un individu
qui fout le camp à l'heure du danger. L'*Hé-
gire de Zola*. Quel chapitre pour l'histoire de
la fin du siècle !

19. — J'ai cherché un mot pour caracté-
riser la sottise de Zola. Elle n'est pas seulement exorbitante. Elle est étrange et sale.
C'est une sottise qui aurait servi à rincer
quelque chose.

Mais la cause du succès plus que probable, cette fois encore, c'est le débraillement pornographique entrevu déjà. Ah ! il va pouvoir se donner carrière !

Seulement, pour le suivre, il ne suffit pas d'avoir l'âme impure, il faut encore de l'estomac. Sa polissonnerie est surtout puante et précipiterait plutôt à la vertu. Il paraît que c'est cela qu'il faut à son public.

20. — Suite de l'excrément. Rien à ramasser, fût-ce avec des pinces rouges. L'impuissance du misérable est une chose qui doit faire chuchoter les mauvais Anges. Quant à sa bassesse, je renonce à trouver un mot qui l'exprime.

21. — Toujours au même niveau, le feuilleton. Je me crois chez des concierges pleins de lieux communs et d'intarissable faconde, où il ne serait parlé absolument que de cul et d'argent, vingt-quatre heures par jour. Au fait, quelles autres choses pourraient intéresser le Crétin ?

Lu la sublime *Vie* du Père Damien, le missionnaire des Lépreux de Molokaï, l'une des Sandwich, qui mourut, à la fin, de l'hor-

rible mal. *Nous autres lépreux*, disait-il —
avant d'être contaminé — à ses auditeurs ef-
frayants, dans sa misérable église où l'ha-
leine des fidèles éteignait les cierges...

Quel mot quand on vient de lire Zola !

22. — « ... Puis, il y avait eu l'extraordinaire histoire de son mariage avec le baron
de Lowicz, sa fuite au bras de cet escroc,
d'une beauté d'archange. » (!!!) C'est la femelle
imbécile dont tous les romans du Crétin sont
pimentés depuis vingt ans. J'eusse été bien
affligé de ne pas rencontrer cette dame.

« Très riche », naturellement ; qui rit « de
ses dents blanches de *louve,* entre ses lèvres
saignantes » ; qui est « vraiment adorable,
d'une force de désir irrésistible » ; que dis-je ?
« d'un charme de *magicienne* dont les yeux
brûlent, empoisonnent les cœurs » ; qui
« garde son air d'invincible amoureuse » et
qui pose sur la bouche de ses amants « sa
petite main longue et enveloppante ». Celui
qui écrit ça est le *prince des prosateurs français.*

Faut-il que ce prince ait été rebuté et vomi
par les plus ouvertes catins, pour qu'à soi-

xante ans, il ait, à ce point, la gueule sèche
à la seule pensée d'une jupe !

Il est à remarquer que tous les personnages, sans exception, c'est-à-dire plusieurs
familles, ont concerté de ne parler que de coït
et d'avortement, pendant les trois ou quatre
mois (1) que l'*Aurore* publiera cette saleté,
ce qui est incontestablement généreux. Mais
que dire de cette société de décrotteurs et de
marchands de pommes de terre frites enrichis
que Zola considère comme une aristocratie
très haute ?

23. — *Aurore* parue avant-hier, dimanche
de la Pentecôte. En ce jour du Saint-Esprit,
que nous dira le Crétin ? Rien qui n'ait été
dit auparavant un très-grand nombre de fois,
car ce prince des prosateurs a la spécialité
de rendre pour réavaler, indéfiniment, et
d'offrir trois cents lignes de lieux communs,
chaque jour.

« Sa gaie figure ronde, aux bandeaux
noirs, avait une délicatesse de fleur ». Ça,

_____

(1) *Cinq mois.* Cette publication a duré CINQ MOIS !!!

c'est un vieux portrait de jeune fille, souvent
épousseté ! Remarqué aussi une petite dé-
vote « en marche déjà pour toutes les folies,
communiant encore, mais professant le péché, se familiarisant, chaque jour, avec l'idée
de la faute ». Courage, cochonne ! Emile te
regarde.

24. — Bonne page du Crétin. « Cherchez
donc dans le Nouveau Testament le « Crois-
sez et multipliez et remplissez la terre » de
la Genèse ? Jésus n'a ni patrie ; ni propriété,
ni *profession* (!!!!!), ni famille, ni femme, ni
enfant. *Il est l'infécondité même.* » Voilà
donc où il voulait en venir. L'INFÉCONDITÉ DE
JÉSUS ! Idiote crapule.

25. — Le Crétin nous explique enfin, enfin ! sa personnelle infécondité. Cela com-
mençait à devenir un peu *rigolo*, si j'ose le
dire, l'obstination de ce romancier hongre à
pétarder contre l'infertilité contemporaine
des reins et des utérus.
Voici : « Vous ne pouvez nier, mon cher
monsieur, que les plus forts, les plus intelligents, sont les moins féconds. *Dès que le cer-*

veau d'un homme s'élargit, sa faculté géné-
ratrice s'affaiblit ». En d'autres termes, Emile
Zola a trop d'esprit pour faire des enfants.
Cette idée forte et *féconde* me fut, autrefois,
dévoilée par Huysmans. C'est bien assez
pour un jour, n'est-ce pas? et tout le reste
paraîtrait fade.

Que servirait, par exemple, de noter « le
péril jaune », c'est-à-dire l'invasion chinoise
en Europe, idée pas banale du tout, cependant, comme vous voyez, qu'Emile croit, sans
aucun doute, engendrée de lui, sortie, comme
une relavure à empoisonner des congrès, de
l'éponge rince-bidet qui est son cerveau —
élargi ?

26. — Surmontant une nausée furieuse,
je reprends ma lecture. Le facteur m'ayant
apporté deux numéros à la fois, je les ai
avalés coup sur coup, au risque d'en crever.

La joie des clients doit être grande, car
c'est cochon à ravir, il n'y a pas moyen de
le nier, et on peut prévoir que cela deviendra
plus cochon encore. Dans cet ultra-cocasse
roman, tout le monde semble avoir le nez

dans le derrière de tout le monde. Il n'y a
pas un personnage, mâle ou femelle, qui
pense à autre chose qu'à la friction plus ou
moins savante, plus ou moins raffinée des
viandes... Ah ! le déchaînement érotique du
Crétin est un spectacle !

Mais on est un penseur tout de même, il
ne faut jamais l'oublier. Exemple : « Des nations disparaîtront encore. D'autres les rem-
placeront, et *combien de mille ans* faudra-t-il
pour arriver à la pondération dernière, faite
de la vérité et de la paix, enfin conquises ?... »
Voilà comment on enfonce Bossuet. Emile
nous avait servi ça déjà, dans sa grande ca-
cade sur Rome. Je n'ai plus le texte sous les
yeux, bien entendu. Il y a beau temps qu'il
a disparu dans un gouffre, mais je me rappelle que le globe y était comparé à une bo-
bine autour de laquelle s'enroulaient, se dé-
vidaient successivement et indéfiniment les
civilisations... Quand l'Occident sera devenu
tout à fait gâteux, comme l'auteur, l'Orient
redeviendra jeune, *et vice versa*, *in æternum*.

Pour ce qui est du style, ça ne bouge pas,
c'est toujours la même chose, les mêmes cli-

chés inusables et indéfectibles, depuis trente
ans. Quand on vient de lire un poète et qu'on
essaie de lire Zola, on croit tomber dans les
lieux.

27. — Ah! mais ça devient tout à fait abru-
tissant, le roman du Crétin. Est-ce que je vais
être forcé de renoncer à mes notes quoti-
diennes ? Il est évidemment trop facile de
prévoir comment finira cette idiote et puante
histoire. Question, d'ailleurs, sans intérêt.
Mais voici douze feuilletons, douze fois trois
cents lignes, exclusivement remplis par des
conversations de gens appartenant à diverses
classes et qui ne s'intéressent qu'aux moyens
à employer pour ne pas faire d'enfants. Tout
autre thème est exclu. Il n'est parlé que de
fraudes, de désirs à satisfaire sans inconvé-
nients, d'individus à gros appétits charnels,
de femmes amusantes au lit ou pas amusantes, etc.

Le curieux est que ce porc atteint de pria-
pisme, en attendant la paralysie générale,
mais qui — avec une obstination de gaga —
veut tout de même être un *Moraliste*, n'a pas
l'audace de l'obscénité. A chaque minute, on

sent qu'il crève du désir de préciser une saleté, mais qu'il n'ose pas.

29. — Clémenceau, dont les attaques de mé-
diocrité semblent devenir plus fréquentes au
contact du Crétin, et qui nous sert volontiers
« la Saint-Barthélemy, la Révocation de
l'Edit de Nantes, la Terreur blanche, etc. » ;
Clémenceau, dis-je, s'élève avec *autorité*
contre l'obéissance, contre l'esprit d'obéissance qui « dégrade » l'homme et qu'il croit
être la « servitude ». On dirait du Gohier. Pas
du Zola. Le Crétin est beaucoup plus bas, et
il lui faudrait le char de feu du Prophète
pour s'élever jusqu'à ces âneries.

Faut-il que Clémenceau qui n'est pourtant
pas une brute, comme son confrère Urbain
et quelques autres — qu'on peut même appeler un écrivain — soit mangé d'ambition
pour endosser cet uniforme de lieux communs, cette casaque vile de franc-maçon su-
balterne, fraîchement racolé à une table
d'hôte de commis-voyageurs ou derrière un
établi de savetier ! C'est, d'ailleurs, une sen-
sation étrange de songer à l'épouvantable ty-
ran que serait tout de suite un domestique

aussi volontaire, s'il devenait inopinément un maître !

Lisant le treizième feuilleton du Crétin, je pense tout à coup à Huysmans et je me demande, si celui-là n'est pas pour quelque chose dans le mouvement chaleureux qui a fait éclore « Fécondité », et si Zola, en mainte page, d'ailleurs vomitive, Dieu le sait! n'a pas eu le dessein de confondre un ancien disciple dont le catholicisme récent doit l'indigner. Car l'auteur de « Lourdes » est certainement incapable de douter du *catholicisme* de l'auteur de « la cathédrale ». Ils sont, à coup sûr, aussi clairvoyants l'un que l'autre.

Or je me rappelle que le second m'a exprimé — combien de fois ! — son horreur pour les enfants, ne craignant pas d'aller jusqu'à des théories formelles d'avortement, se vantant même de les avoir personnellement mises en pratique. Devenu catholique, — le catholique de ses trois dernières manigances — Joris-Karl est-il toujours dans ces pensées ? (1).

(1) On me dit que Huysmans vient de prendre, non

Mais le cas du Crétin est tout autre, et, sans doute, je lui suppose bien gratuitement des intentions. Il n'a pas besoin, lui, de théories, ni de pensées, ni même de l'embryon le moins défini du concept le plus inférieur. Qu'en ferait-il ? Il est *tout cul*, si j'ose risquer ce trope qui, seul, rend ma pensée, et les fraudes, les étreintes vaines, les accouplements stériles, la semence jetée au hasard et qui « se dessèche », « *les seaux de toilette*, pleins de vie souillée, gâchée qu'on vide au cloaque », tout ce torrent de cochonneries, qu'est-ce autre chose que l'occasion, espérée vingt ans, d'un gâtisme assez obtenu pour que le mandrille, érigé moraliste transcen-

---

pas le *voile*, mais l'habit bénédictin à Ligugé. Je ne suis pas pressé du besoin de féliciter la famille de saint Benoît. J'ai travaillé, plus de quatre ans, à ensemencer de christianisme ce romancier sorti de Médan. Terre ingrate et rude labeur !

D'autres ont moissonné. Grande joie leur fasse ! Je ne la leur envie pas et j'attendrai, pour modifier mes sentiments ou mes vues, qu'il me soit prouvé que cette « oblature » est autre chose qu'un *geste littéraire*.

Kolding, avril 1900.

dant, osât enfin se déculotter et se polluer devant les garnos ?

30. — Une chose que je ne me lasse pas
d'admirer dans le feuilleton du Crétin, c'est
l'impuissance, *l'infécondité* de l'auteur. C'est
consternant et même un peu diabolique
de lire ce bavardage monstrueux, infini, ce
déluge de mots, pendant des pages, pour ne
jamais aboutir, pour ressasser indéfiniment
un lieu commun misérable, sans espoir de
rencontrer, je ne dis pas une idée, mais une
image, un semblant d'image qui n'ait pas
servi un million de fois! Cela fait penser à la
masturbation d'un cadavre.

«... Et il songeait encore aux lits des ca-
sernes où dorment solitaires, improductifs,
quatre cent mille jeunes hommes, etc. » Ne
croirait-on pas entendre les lamentations
d'un tenancier de lupanar menacé dans son
négoce? Le digne homme voudrait donner
des femelles à tous ces mâles.

A cet endroit, il n'est question que de semence, de laitance, d'œufs de poisson,
« d'œufs qui *coulent* (*sic*) dans les veines du
monde, etc. » Et telle est, durant cinq cents

lignes, la méditation exclusive d'un jeune
père de famille qui va prendre un train, au
chemin de fer du Nord, pour coucher genti-
ment avec sa femme, mais qui, ayant touché
son mois, aurait bien envie de faire la noce, si
M. Emile était assez bon pour le lui per-
mettre.

On devine comment cela finira. Le voici
déjà qui redescend sur les boulevards, décidé à rater son train. C'était à prévoir. Les
combinaisons du Crétin ne sont pas des
énigmes compliquées et on ne peut pas dire
qu'il soit doué d'une imagination à surprises.
A demain donc, sans doute, et aux jours
suivants, le récit croustilleux de cette nuitée
d'amour. Avec la forme svelte et rapide
qu'on sait, il y a lieu de présumer que cet
épisode ne dépassera pas trois mille lignes.

31. — Déception et humiliation. Le héros
de *Fécondité* ne fera pas la noce, cette nuit
du moins. M. Emile ne l'a pas permis.

Il s'élance dans le train et vient retrouver
sa femme qui l'attend « sous les étoiles, avec
sa gorge menue et ferme, ses joues de fruit
savoureux, et sa peau d'une blancheur de

lait qu'accentuent encore ses admirables cheveux noirs... » Hé ! zut !

1ᵉʳ Juin. Continuation des coïonnades
idylliques. Combien le vice paraît aimable
comparé à la vertu offerte par Emile Zola !

3. — Feuilletons d'hier et d'aujourd'hui.
Suite de la vertu. Le faiseur d'enfants, aux
trois quarts séduit par l'éloquence malthu-
sienne des clients de M. Emile, essaie de per-
suader à sa femme d'en rester là. Ça n'a pas
l'air de mordre. Ennui à peu près insupportable. Impossible d'extraire, de défalquer,
d'isoler quoi que ce soit. Pas même une âne-
rie un peu plus carabinée que les autres. C'est
un bloc de sottise dense et morne. Je ne peux
pourtant pas citer les petits enfants endormis
« pareils à des petits Jésus et riant aux
anges » ou d'autres trouvailles de cette force.
Une chose revient sans cesse. Il paraît qu'on
en est fier. « Bien vivre, c'est aimer la vie ».
Au diable le gâteux ! Je crois, décidément,
que j'ai entrepris une sale besogne.

4. — Notre Crétin arrive, aujourd'hui, à la
fin du « livre premier », une centaine de

pages, au moins, dans lesquelles il n'a été
parlé que des choses du cul, par le prodige
tout spécial à Zola d'une réitération achar-
née, enragée, indécourageable, des mêmes
objets, au moyen des mêmes formules, des
mêmes expressions clichées et cela dans un
vocabulaire granitique de camelot, d'agent-
voyer ou de secrétaire de commissariat toqué
de littérature. On ne connaît pas un romancier populaire qui ait pu compter, autant que
lui, sur la stupidité ou la vacherie de ses lecteurs. Et nous ne sommes qu'à l'aurore des
saletés, puisque ce n'est encore que le premier livre.

Toutefois, avant de poser — pour bien peu
de temps — sa plume légère, il a tenu à promulguer, derechef, que « les plus intelligents
sont les moins féconds ». On a lu déjà
(*25 mai*) cette haute maxime, avec son ap-
plication immédiate. Aujourd'hui, il ajoute,
en façon de corollaire, que « les enfants ne
poussent jamais en si grand nombre que sur
le fumier de la misère », — ce qui revient à
cette autre altière sentence que la supériorité
de l'esprit consiste à gagner de l'argent, —

histoire d'être agréable à MM. les Mufles et
de se recommander à leur bienveillance (1).

Enfin, allégé de ce témoignage, il permet
qu'on fasse un enfant de plus dans la maison
des « petits Jésus ».

« Et ils eurent la superbe, la *divine impré-
voyance*. Ah! les délices de cela!... Ce fut leur
acte de foi en la vie, un *cantique* à la fécondité, créatrice généreuse, inépuisable, des
mondes ».

Ah! oui, les délices de cela! « l'ivresse dé-
licieuse » de ces phrases régulièrement ser-
vies tous les ans, dans la même belle ordon-
nance, depuis la libération du territoire!
Mais qui donc a dit que Zola est un homme
sans religion ?

---

(1) Syllogisme du *parfait* Mufle démocratique.

Majeure. Les plus intelligents sont les moins féconds.

Mineure. Or les enfants ne poussent jamais en aussi
grand nombre que sur le *fumier* de la misère qui est,
par conséquent, celui de la bêtise.

Conclusion. Donc la supériorité intellectuelle consiste
à gagner de l'argent par le moyen rudimentaire des enfants des pauvres.

Monsieur EMILE.

5. — (dans l'Octave du Saint-Sacrement).
SANCTIFICATION DU DIMANCHE. *Office divin.*
«... Une vénération l'envahit, il l'adora (la
bonne déesse aux chairs éclatantes, la dame
du monsieur, bien entendu), comme un dé-
vot mis en présence de son Dieu, au seuil du
mystère... *Il découvrit le ventre, d'un geste
religieux.* Il le contempla si blanc, d'une
soie si fine... Il se pencha, le baisa *sainte-
ment*, en mettant dans ce baiser toute sa ten-
dresse, toute sa foi, toute son espérance (on
n'est pas plus théologal). Puis il resta un instant, ainsi qu'un fidèle en prière, posant sa
bouche avec légèreté... » Il ne reste plus qu'à
se retirer sur la pointe du pied, après avoir
lancé un dernier regard plein de respect dans
la direction du « seau de toilette ».

Le célèbre gaga n'oublie pas de nous dire
que cette cérémonie pieuse a lieu le dimanche. C'est comme cela qu'il entend que
le Jour du Seigneur soit sanctifié. Quand les
grands hommes déliquescents ou non encore
déliquescents entreprennent de remplacer
Dieu, c'est cela qu'ils trouvent.

7. — Berquinade familiale de six cents lignes, depuis deux jours. Allons ! les petits enfants, venez faire risette à votre oncle M. Emile qui vous aime tant. Da, da, da, da, da — Ga, ga, ga, ga, ga.

Ce personnage illustre et sympathique est, d'ailleurs, sur le point de rentrer en France, si, toutefois, il en est sorti — ce qui est une question.

Article de quatre colonnes et de trente mille caractères pour nous apprendre qu'il désire rentrer *en silence*. A peine quelques mots de Dreyfus. Il parle avant tout, surtout de lui-même et des « tortures » de son exil (1). Elles ont pu être atténuées, j'imagine, par quelques douceurs. Les souffrances d'exil d'un romancier qui *gagne* deux ou trois cent mille francs par an avec un unique bou-

---

(1) Les *tortures de l'exil* de M. Zola qui fout le camp, après avoir raflé à ses amis une cinquantaine de mille francs, j'aime à le croire, car tel est le juste prix d'un roman-feuilleton de ce crétin désintéressé ! Voilà qui nous met furieusement loin de l'île du Diable où on s'amuse joliment, comme chacun sait !

Démasque-toi donc tout à fait, égoïste et lâche cafard !

quin salopé, ne paraissent pas devoir être
l'occasion d'un deuil national.

N'avait-il pas, d'ailleurs, la consolation
d'écrire « Fécondité », et la consolation plus
sublime de savoir — lui seul — qu'il
« n'avait jamais eu qu'une passion, celle de
la vérité... que, depuis quarante ans, il avait
servi son pays par la plume et *chanté* la
France par plus de quarante œuvres
déjà?... » Enfin, ne pouvait-il pas se rendre à
lui-même le témoignage si réconfortant
« d'avoir porté *la petite lampe sacrée*, qui
éclairerait le monde si les puissances mau-
vaises venaient à éteindre le soleil !!! ? etc. ».

Qu'il ne soit donc pas parlé de récompense.
Le cher homme n'a eu aucun mérite. « Je
veux bien qu'on dise de moi que je n'ai été
ni une bête ni un méchant ». C'est tout ce
qu'il demande. Pour ce qui est des âmes
basses et sottes, qui le calomnient, qui
l'abreuvent d'outrages, non seulement aujourd'hui, mais depuis qu'il a commencé
d'écrire, il les protège de son « indulgence
de *poète*, pleinement satisfait du triomphe de
l'idéal ».

Au fond, malgré la « sérénité de son âme »,
il a une peur verte qu'on ne lui reproche
d'avoir filé pour échapper aux gendarmes, et
une autre peur, très imprécise, mais plus gla-
çante, de recevoir enfin le salaire de ses tra-
vaux. Qui sait ? la conscience de cette
canaille n'est peut-être pas tout à fait dé-
funte.

8. — « Reine (une petite fille de 13 ans) se
mit à rire, *savante déjà*, sans doute, lorsqu'Ambroise vint crier à sa mère qu'elle était
sa petite femme et que Rose était leur *bébé* ».
Est-ce assez pur, assez virginalement symbolique, cette fleur de lys dans un pot de
chambre sur la table de travail de M. Emile !
   Il paraît, d'ailleurs, que cette saleté-là —
ou n'importe quelle autre ordure, bien entendu — est « plus haute et plus vraie que le
culte de la Vierge ». Quelle ressource tout
de même, que le gâtisme, et comme cela
vous campe un écrivain !

9. — L'ignominie conjugale nommée
fraude et qui revient sans cesse dans ce livre
immonde, est jugée, cette fois, et qualifiée de

pratique coupable. Voyons! Emile, c'est trop bête, à la fin. S'il n'y a pas de Dieu, comme tu l'affirmes sans cesse, après tant de cordonniers, où prends-tu la culpabilité de n'importe quoi ou de n'importe qui? Comment! je serai demain un amas de pourriture, rien de plus, et je me priverais de rigoler, aujourd'hui, comme il me plaît. *J'obéirais au catéchisme, sans y croire!* Merdre, alors!

« ... Elle parla du docteur Boutan, voulant qu'on lui *redise*, etc. » Le crétin a définitivement perdu l'imparfait du subjonctif.

Tiens! Tiens! Voici que notre glorieux rapatrié écope dans la maison même. L'outrecuidance inouïe de son article d'avant-hier a indigné Bernard Lazare qui fut, en réalité, le premier, le *seul*, il y a au moins quatre ans, à s'occuper de Dreyfus, qui a vu Zola surgir soudain d'entre ses pattes, — *lorsque l'affaire était mûre*, bonne à cueillir, — et qui, après la victoire, n'obtient pas même une mention.

Bernard Lazare, écrivain de bonne tenue et ne parlant pas du tout de « la petite lampe sacrée », proteste, en fort bons termes,

contre cet ignoble silence. Il ne nomme pas
le drôle, mais on voit si bien qu'il y pense,
quand il parle, par exemple, des ouvriers de
la « onzième heure ».

— C'est moi qui ai tout fait ! gueule Zola,
moi l'Apôtre ! moi le Martyr ! moi le Citoyen !
moi ! MOI ! MOI ! Il est temps que ce paquet
lui arrive sur la trogne. J'imagine que les
bons compères de l'endroit Vaughan n'en
sont pas autrement fâchés.

10. — Bavardage sénile à propos de nourrices. On ne demande pas des idées, oh !
non, mais un mot, rien qu'un tout petit mot
d'écrivain, qui ne vient jamais. Littérature
de marchand de vaches !

11. — Toute ma récolte : « Quant à Santerre (Paul Bourget), ce n'était que le bon
ami qu'il avait voulu, un jour, faire entrer
chez sa femme, pendant qu'elle était au bain,
pour lui montrer comment elle était *drôle*
dans l'eau ». Ça ne se passe pas autrement,
il faut croire, dans les maisons où fréquente
monsieur Emile.

A un ami :

« ... J'espère, cependant, que quelques-uns me ren-
dront justice, lorsque la surprenante infamie de Zola
sera vue dans son plein, lorsque les amis ou admirateurs prétendus de l'heure actuelle seront forcés de le
repousser dans les latrines profondes d'où il est sorti,
— ce qui doit certainement arriver beaucoup plus tôt
qu'on ne pense.

« Déjà le misérable s'est à moitié trahi dans la lettre,
monstrueuse d'outrecuidance, intitulée *Justice*, où ce
triple sot, gavé comme une volaille depuis trente ans,
parle des « tortures de son exil » — à lui ! — et des
amertumes, dont sa vie littéraire fut « abreuvée ». Quel
répugnant et hideux tartufe ! Vous verrez la suite.
Alors, peut-être, — mais non pas sans honte et sans
horreur — vous souviendrez-vous de Léon Bloy dont
vous aurez méprisé les avertissements.

« Vous êtes hypnotisé au point de m'écrire que l'affaire Dreyfus est « le plus grand drame historique du
siècle » ! ! ! égalant au moins, par conséquent, ce remue-
ment de merde à l'Epopée Napoléonienne ; à la guerre
franco-allemande ; à ce torrent de sang noir qui est
l'histoire si mystérieuse et si peu connue de Naun-
dorff, etc. C'est du délire.

« Vous trouvez la preuve d'une vraie « grandeur »
dans *J'accuse*. Alors je ne comprends plus du tout
pourquoi vous me lisez et pourquoi vous dites m'admirer. Vous n'en avez pas le droit. « Qu'importe,

ajoutez-vous, à côté d'un si grand rôle, et lorsqu'on a un
si puissant levier (!), l'imbécile roman *Fécondité* ? »
Oui, n'est-ce pas ? qu'importe qu'un soi-disant écrivain
ait pourri des milliers de cœurs, AVILI la langue française et l'esprit français ; qu'importe qu'en ce moment
même, il outrage Dieu chaque jour, en trois cents
lignes, s'il a gueulé ou *paru* gueuler pour Dreyfus ?
Soit, mais, alors, que pouvez-vous penser de l'auteur du
Salut par les Juifs qui a tout sacrifié pour des choses
de si peu d'importance, sinon qu'il est un idiot ou un
vil phraseur ?

« Léon Bloy. »

12. — C'est Vaughan qui ne doit pas rire !
Il doit même y avoir de belles imprécations,
chaque soir, à la rédaction, quand il faut
faire de la place à ce feuilleton en enfance
dont l'effrayant, l'homicide ennui est, de
jour en jour, plus intolérable. La turpitude
même s'y raréfie. Cela devient un très bas
potin monotone, perpétuel et sans issue,
dans un monde platement abject où la stupidité morne et le goujatisme comateux sont
équilibrés par l'*inexistence* de tous les personnages sans exception.

Prenez garde ! gens de l'*Aurore.* Vous
allez embêter le peuple !

13. — Le cœur me manque, décidément. Il n'y a plus moyen. À propos des événements récents, un personnage considérable de cette ville danoise me parle de Zola, et j'apprends, sans étonnement, que ses trois derniers romans (les *Trois Villes*) ont été infiniment agréables aux protestants qui n'ont pas manqué d'accueillir, comme vérités de foi, les calomnies malpropres de ce moutardier de la Canaille. On sait que les plus horribles immondices ont un goût divin pour les protestants, quand il s'agit de les avaler contre Rome.

« — Le succès immense de Zola est exclusivement attribuable à son ordure ». Cela, très-spontané, nullement suggéré par moi, a été dit de la façon la plus nette par mon interlocuteur.

L'alliance actuelle des Juifs et des Protestants représentée, en somme, par le Crétin, est, tout de même, une monstruosité inouïe. Qu'est-ce, en effet, que le Protestantisme, sinon le déchet du Christianisme, la négation de l'Essence et de la Substance révélées ? Quand un homme dit : « Je suis protestant », c'est comme s'il disait : « *Je n'existe pas* ».

Le Juif, au contraire, c'est l'antagoniste, dans l'Absolu. C'est l'Aîné qui s'est éloigné du Cadet — parce qu'on tuait le Veau gras dans la maison — jusqu'à ce que l'Esprit de Dieu les étreigne, les réconcilie dans l'Unité. Le Juif et le Catholique sont égaux par leur extraction commune et ne doivent pas plus s'allier aux Protestants que les maîtres ne doivent épouser leurs domestiques (1). Un Juif peut estimer un Catholique, sans cesser de le haïr, et *vice versa*, mais le moyen, pour l'un et pour l'autre, de ne pas mépriser un Protestant !

14. — Un admirateur du Salaud m'écrit :

« Fécondité » ! Ah ! on est loin de l'Iliade ! ! ! On est chez les Bourgeois !... Il n'y a pas à dire, on y est bien ! On ne pourrait y être plus. Et c'est vraiment, je l'avoue, *irrespirable*, et on est heureux d'avoir la consolation de lire maintes pages de la « Femme pauvre »,

---

(1) Je me trompais tout à l'heure. Quand un homme dit : « Je suis protestant », c'est comme s'il disait : « Je refuse de laver la vaisselle » ou « j'aime mieux laver la vaisselle ». Cela dépend des natures et surtout des circonstances.

du « Salut par les Juifs », du « Désespéré » et du
« Mendiant », pour se purifier.

« Beauchêne, Santerre (dont il a voulu faire
Bourget, paraît-il), Séguin du Hordel (?) — oh ! la puérilité de cette H ! — et les épouses ! ! ! C'est cependant
bien dans ce monde-là que nous évoluons, si tant est
qu'on y puisse *évoluer*. Quel tas de salauds ! ! !

« Dans tous les romans de Zola que j'ai lus, il y avait
toujours, au moins quelques meurtres, quelques sales
luttes d'intérêts, entre la saillie d'un taureau et des
accouchements de vaches combinés avec d'autres vê-
leries de bestiaux. Mais, ici, on ne sort d'un viol que
pour tomber dans une parturition difficile ou d'un
avortement dans une ovariotomie ! La puanteur de cli-
nique en l'alcôve bourgeoise ne s'interrompt qu'à peine
pour la description des enfants qu'on fait, qu'on a faits,
qu'on fera ou qu'on ne fera pas, ou qu'on *défera*.

« Au point où nous en sommes, toutes les femelles du
livre sont déjà enceintes depuis la dernière bonne, la
concierge, la patronne, la fruitière, jusqu'aux visiteuses,
quelles qu'elles soient, jeunes ou vieilles ! Ce qui me
fait présumer que Zola lui-même n'en sortira pas, et je
renonce, dès à présent, à le suivre !

« C'est égal, quand on peut braver l'abjection du sujet
et l'incontestable vulgarité de ce style (?) ou de ce qui
en tient lieu, c'est parfois bien gai ! »

15. — Suite du néant, si on l'ose dire. Un
patron d'usine engrosse une de ses ouvrières

et la lâche. Bataille de deux filles en plein
atelier, comme dans l' « Assommoir ». Puis
désolation des parents de la séduite qui vou-
draient ressouder leur fille avec l'argent du
séducteur, lequel refuse de marcher...

La langue de Zola trouve le secret d'être
plus basse que les choses mêmes ! ! !

16. — « ... Et il redevint supérieur, beau
et victorieux, en homme certain de gagner
toutes les batailles de la vie ». C'est une des
quinze ou dix-huit phrases écrites par le
Crétin 3.745 fois environ, depuis trente ans. Il
y tient. C'est sûr.

Le séducteur millionnaire est taxé par
Emile à cinq cents francs. O proxénète insa-
tiable ! Tes clients vont te lâcher, mon vieux
Zola.

17. — Intérieurs de sages-femmes. Occasion de déployer un peu de vertu. Tentative
même de littérature, la première, je crois,
depuis le commencement. Peu récompensée,
hélas !

La fille-mère aux cinq cents francs, ins-
tallée dans une maison recommandable, dé-

clare « n'avoir jamais été à pareille fête, nourrie et soignée, dorlotée du matin au soir, à ne rien faire. — Vous savez, dit-elle, je ne demande qu'une chose, c'est que ça dure le plus longtemps possible ». Le 32me feuilleton finit sur cet éblouissement.

18. — Enfin, voici l'inceste jusqu'à cette heure négligé ; je n'osais pas le réclamer.

L'indigence d'imagination de Zola, même dans l'ordure, est si surprenante que ses lecteurs doivent soupirer après les romans de Richebourg ou de Montépin, comme les vaches du désert après les pâturages de Chanaan ou de Mésopotamie.

Dans l'*Aurore* :

« Le *Petit Bleu* de Bruxelles annonce que les journalistes anversois sont sur le point de s'entendre pour offrir à Zola, sous forme d'adresse, un exemplaire de la lettre « J'accuse », imprimé à l'aide des célèbres caractères de la maison de Christophe Plantin, ce qui donnera à cet hommage un cachet particulièrement curieux.

« L'impression serait faite par l'éditeur d'art, M. Paul B., et la reliure serait confiée à M. Jacques M.

« L'exemplaire porterait en outre les signatures des journalistes qui auraient contribué pécuniairement à la confection de cet unique et merveilleux exemplaire. »

On sait que les journalistes anversois, pa-
risiens, londonniens, vénitiens ou montal-
banais, n'ont jamais un liard, excepté lorsqu'il y a une bonne saleté à faire. Dans ce
dernier cas, on les commanditerait plutôt.

Je n'ai donc pas de conseil à leur offrir,
mais quel dommage que le relieur ne songe
pas à me consulter pour le choix d'une *peau*!

19. — Aujourd'hui, grand air de bravoure.

Le Crétin sort sa femme nº 3, « brune de
trente ans, grande, avec des traits fins, de
beaux yeux tendres, *une bouche de charme et
de bonté* ». Un point c'est tout. C'est ainsi
que le Maître vous exécute un portrait.

Cette personne est rencontrée bien entendu, chez la sage-femme, où elle est venue
se débarrasser rapidement, avant l'arrivée,
par le bateau des Indes, d'un mari féroce.
Histoire toute neuve. Il est encore parlé,
cela va sans dire, de « l'acte superbe de vie »,
de « l'éternel flot de semences (il en mange
décidément) qui circule dans les veines du
monde », car le style ne s'interrompt pas
d'être aussi imprévu, aussi peu servi, aussi
frais, aussi vierge que la pensée.

20. — Entrée de l'Avorteuse. Fanfares.

Quelle est donc la vieille putain qui me disait un jour : « Zola, c'est mon romancier de cœur » ?

21. — Apparence ou velléité d'un commencement de quelque chose. Emile semble vouloir punir le vice et récompenser la vertu, — sous lui. Mais, où est le vice et, surtout, où est la vertu, dans un monde imaginé par ce malheureux Crétin. Avec lui, on ne sait jamais.

22. — On sait de moins en moins. Cette fois, pourtant, il y a une femme crevée par l'Avorteuse, ainsi qu'il était aisé de le prévoir. Le grand écrivain, le prince des prosateurs nous la montre « adorable, d'une pâleur de cire ». Hé ! hé ! Le même prince remarque avec douleur l'absence d'un *cierge* ! ! ! ? auprès de cette charogne.

Il est beaucoup parlé de « crime » en cet endroit. Pauvre vieux !

Si nous en restions là, pour quelque temps, du moins. Si peu respectable que soit devenue la France, depuis qu'elle couche

avec des imbéciles ou des maquereaux, je
pense, tout de même, qu'il n'est pas permis
de l'em...der à ce point. C'est trop. Silence
donc et patience, une ou deux semaines.

.   .   .   .

24. — « Il avait senti Paris *mal ense-
mencé* ». Oh! Octave Uzanne!

25. — « Quand on est un père honnête
homme... » — « Il le quitta, *écrasé et calme* ».
Je te crois.

Un ami m'écrit : « Le dégoût que j'ai pour
Zola s'est précisément accru de ce qu'il est
l'auteur de « J'accuse ». Il doit y avoir, au
fond de son acte, un mobile intérieur dont
l'ignominie est connue de Dieu seul ».

26. — « ... Le ventre nu, le ventre sacré
qui *s'ouvrait,* comme la terre, sous le germe,
pour donner la vie... Le désir créateur du
monde ». Je m'étais pourtant bien promis le
silence, mais le moyen de résister à cela ?

A un ami :

« ... Quelqu'un vous a dit qu'on ne peut reprocher à
Zola de gagner trois ou quatre cent mille francs par

an, avec ses livres. Opinion de bourgeois, opinion immonde.

« Il y a, à Londres, des accapareurs milliardaires qui s'arrondissent, de temps en temps, de quelques dizaines de millions, en lâchant les meutes de la famine sur telle ou telle province de l'Inde.

« Il y a d'autres spéculateurs, anglais ou américains, qui empoisonnent des peuples par l'opium.

« Il y a aussi des entrepreneurs sans nombre, répartis autour du globe, qui gagnent beaucoup dans le trafic de la viande humaine.

« Etc., etc., etc.

« Votre *quelqu'un*, ayant paru lâcher Dieu depuis quelque temps, depuis peu de temps seulement, est encore capable, je l'espère, de penser que tous ces monstres gavés d'or mériteraient plutôt de l'être d'étrons et de crever dans les plus sales supplices ; mais *il ne pense pas du tout* qu'il y ait lieu de blâmer un individu qui n'empoisonne QUE les âmes, qui n'avilit QUE les intelligences, qui n'outrage QUE Dieu, et qui *s'enrichit* à ce métier-là. On est toujours assez homme de bien quand on a *paru* baver pour Dreyfus, en se foutant des imbéciles. O Tribulat Bonhomet !

                              « Léon Bloy.

« P. S. En ma qualité d'artiste, je suis *pour* la crapule Esterhazy *contre* la crapule Urbain Gohier.

« Ah ! oui, certes ! »

27. — « Ah ! le petit diable, il me mange, il vient de rouvrir ma *crevasse !* » Emile !

29. — Article remarquable de l'excellent affranchi Lucien Descaves. Phrase inouïe, montrant Mme Dreyfus que personne n'aide « à porter sa croix », et qui est « réduite à la déposer dans la rue, *sur un banc*, et à s'étendre *à côté* ». Pends-toi, Emile, accroche-toi n'importe où, derrière la porte des lieux, par exemple. Tu ne trouveras jamais rien d'aussi beau.

Remarquons, en passant, qu'à l'*Aurore*, il n'est ordinairement parlé que de « croix », de « calvaires », de « calice à boire », etc.

Les capucins d'une piété haute, tels que Clémenceau, Gohier dit le frère Urbain, ou ce Lucien à figure de cordonnier funeste, affectionnent ces vocables, pas du tout empruntés à l'Eglise, comme on peut voir. Tout le monde sait que ces dignes personnages auraient quelque chose à dire, quand même ils ne forceraient pas, chaque matin, les tiroirs de la vieille Mère qui les allaita et qu'ils conspuent avec magnanimité, comme il convient à des hommes libres.

Aurais-je eu tort, tout à l'heure, de tant exalter Descaves ? Voici ce que je trouve dans mon feuilleton. Il s'agit d'une maman qui donne à téter à son petit garçon. « Et elle fit cela sous le soleil qui la *baignait d'or*, en face de la vaste campagne qui *la voyait*, sans la honte ni même l'inquiétude d'être *nue*, CAR la terre était *nue*, les plantes et les arbres étaient *nus*, ruisselants de sève ». ! ! ! ! ! Ça te la coupe, Lucien.

Après tout, pourquoi n'oserais-je pas une figuration symbolique ou allégorique des sentiments actuels de notre Crétin ?

Emile, complètement nu, sous un arbre, et le front sillonné de ces innombrables et célèbres *plis* de la Bêtise, si scrupuleusement inscrits par Henry de Groux, Emile jouant de la flûte, en regardant ruisseler la sève des hommes et des femmes, — dans la forêt de Bondy !

2 JUILLET. — Voici ce que paraît avoir conçu notre auteur :

Une famille-type qui représente la Fécondité devient trop nombreuse pour être nourrie, le père n'ayant qu'un médiocre emploi. Celui-ci prend, alors, le parti de féconder la terre, en même temps qu'il continuera de féconder sa femme. Encouragé par le Crétin qui le comblera de tous les dons, qui puisera pour lui à pleines mains dans les trésors de la « science moderne » — dont il possède fort heureusement la clef — il va devenir nécessairement, et soudain, un défricheur de génie, un thaumaturge de l'agriculture, qui fera ruisseler « le lait et le miel » de l'abondance biblique, en plein désert.

Je me prépare donc à relire quelques pages ou quelques chapitres carottés au *Médecin de campagne* ou au *Curé de village* du grand Balzac, et accommodés à la Zola ! ! !

8. — Où en suis-je, depuis une semaine ? Je dormais si bien ! Ayant enfilé une demi-douzaine de feuilletons arides comme les vallons de la lune, où il est exclusivement parlé de nourrices qui tuent (1), je trouve à peine, dans l'horrible purée, ceci : « La vierge n'est que néant, la mère est *l'éternité*

(1) Voyons ! Emile, tu fais par terre. Pourquoi ne tueraient-elles pas, ces femmes, *si ça rapporte,* puisqu'il n'y a pas de bon Dieu ?

de la vie » et « quand nous saurons adorer
la mère, la patrie sera sauvée »... *Allons,
enfants !* etc. Oui, sans doute ! ah ! oui, je
te crois. Comment donc ! ô François Coppée ! Tu es un lapin, toi ; tu sais ce que c'est
qu'une *mère* ; tu sais ce que c'est que la
patrie ; tu sais, non moins que Zola, ce que
c'est que de faire des enfants ; et tu sais, surtout, ce que c'est que *d'écrire !* Arrange-toi
donc avec lui pour cette phrase que j'ose
qualifier de *mystique :* « Ils trouvèrent sur
un banc, près de l'arbre, une grosse fille
qui essuyait le derrière de son enfant avec
un morceau de journal ». De quel journal ?
Qui nous le dira ? ô Coppée ! Que de mystères ! et combien les Voies sont impéné-
trables ! Tout se termine à essuyer des der-
rières. Penses-y bien !

Après cette trouvaille, je succombe. Oh !
ce romancier qui peint exclusivement des
mufles, devant un miroir !

10. — Suite des nourrices qui tuent. Heureusement, voici une lettre de l'excellent
idiot au journal l'*Ami des Bêtes !* C'est intitulé : « La Mort du chien ». Dans les « tor-

tures de son exil », ce Martyr, ayant à peine
trente mille francs à manger par mois, se
vit privé jusque d'un chien, d'un petit chien
qui « pendant neuf ans, ne l'avait pas
quitté ». Et ce petit chien qu'il avait oublié de
baiser une dernière fois, navré de l'absence
de son maître, mourut « en coup de foudre ».

Ce que c'est que d'être le Prince des prosateurs ! Voilà bien dix mille fois que ce
« coup de foudre » est servi à toutes les
nations, depuis la guerre franco-allemande !

14. — C'est bien ce que j'avais prévu.
Nous voilà arrivés aux « morceaux choisis »
du *Médecin de campagne* ou du *Curé de
village*. Il est problable que le second surtout sera utilisé, puisqu'il s'agit de « féconder » un désert.

Tout se passera, bien entendu, sans l'admirable prêtre de Balzac, sans sa pénitente
sublime, sans la multitude secourue et *con-
vertie* des indigents ou des bandits ; mais, au
contraire, dans un déploiement et un cres-
cendo de muflisme crétinal dont le poète
magnanime de *Séraphita* n'eut jamais la
plus vague idée.

Il y a peu de choses aussi complètement sinistres que l'effort tenté, parfois, de cet Emile pour montrer qu'il ne sait pas moins jouer de la lyre que du balai à pot de chambre.

Ainsi, dans le feuilleton du 12, il y a un parallèle ahurissant entre « le petit ruissellement du lait » maternel qui coule « avec un léger murmure de source » (!) et le bruit d'une autre fontaine jusqu'alors inutile, dissipée en des marécages, mais « captée » enfin par le génie de l'agronome balzacien, du virtuose de fécondité, et qui « descend le long des rigoles vers les terres brûlantes ».

Non, quand on n'a pas lu ça, on n'a rien lu et on ne lira jamais rien.

16. — « On n'enfante que par l'amour » ! Ça, c'est le marteau du penseur. Quand Zola ne parle pas précisément du cul, voilà ce qu'il trouve.

18. — « ...Ce fleuve de lait qui avait ruisselé d'elle... la bonne déesse en constante fertilité... le divin désir, l'âme brûlante dont les champs palpitent ».

On est au 63ᵉ feuilleton. Il y en a bien 40

ou 50 que cela dure, cette maternité de
vache, cette pullulation idiote! L'Image Divine, telle que peut la former le cerveau du
pauvre vieux Crétin, rappelle beaucoup ces
idoles des anciennes théogonies qu'on repré-
sentait avec une double rangée de tétines,
comme des truies à face humaine. Il doit
croire cet *idéal* extrêmement neuf. Il paraît
même s'être assez fortement emballé sur la
trouvaille.

19. — « Tout de même, interrompit Bé-
nard, la bouche pleine, ils auraient bien pu,
le dimanche où j'ai passé une heure près de
toi, m'avertir qu'ils allaient *t'enlever tout*.
C'est une chose, il me semble, qui regarde
un mari, et ça ne devrait pas se faire sans
son autorisation... Toi-même, tu n'as pas été
prévenue, tu es restée toute bête lorsque tu
as su que tu *n'avais plus rien* ».

26. — On est en plein *mélo* et tout courage m'abandonne. Arrivé au bout du rou-
leau de son imagination (ah! ce n'est pas
long!), voici que l'infortuné Crétin, ne sachant absolument plus que dire, *recom-*

mence ! Que diraient ici le père Ubu et la
mère Ubu, les personnages, sans contredit,
les plus décisifs de la fin du siècle ? Quel
mot se présenterait immédiatement à leurs
généreux esprits ?...

Je retombe dans une histoire d'ovariotomie, d'opération ratée au fond d'un *bouge* (!)
par un chirurgien disgracieux, — histoire
bête et salope qu'on peut lire, chaque semaine, dans chaque journal, écrite, avec plus
de raccourci et de force, par un reporter
quelconque pris à la station. Mais, aujour-
d'hui, l'aventure est surérogatoirement resucée d'un chapitre antérieur du même bouquin. La fille venant crever sur le même
canapé que sa mère et salissant de son ordure les mêmes clichés. C'est trop.

27. — Suite de l'histoire, imbécile autant
que cochonne, d'hier. « La tête *adorable* de
l'enfant, *d'une pâleur de cire... sans un
cierge* » ! (Voir plus haut, 22 juin). On ne se
crève pas, dans les Princes de la Prose !

Au fait, pourquoi voudrait-on que je ne
les aimasse point, ces femmes *adorables* qui
viennent régulièrement se faire enlever le

cul chez des Princes de la Science, en sortant du cabinet de « travail » de notre Zola,
et qui n'oublient jamais d'apparaître ensuite,
sur un grabat immonde, dans « une pâleur
de cire et sans aucun cierge » ?

' Ne serait-ce pas là un grand truc ? Répéter toujours la même chose, resservir obsti-
nément et furieusement les mêmes formules,
les mêmes phrases, les mêmes verbes, les
mêmes adverbes, les mêmes adjectifs, les
mêmes pronoms, les mêmes participes et les
mêmes substantifs, en vue d'obtenir les mêmes
images éculées, sachant qu'on s'adresse au
même public intellectuel, — oh ! combien !
— le public des Vaughan, des Clémenceau,
des Esterhazy, des Urbain Gohier, des Mercier,
des Quillard, des Couard, des Gonse et des
Pressensé ! ! !... Emile ! viens que je te baise !

31. — Rien. Le feuilleton d'aujourd'hui
n'est qu'un prolongement de celui d'hier.
Prélude vomitif de la grande cantate, aussi
annoncée que protestante, sur l'infortune
des personnes vouées à Dieu. Nous allons
voir de jolies choses ! Et *documentées*, surtout, ah !

En attendant, voici une interview du Crétin. Un quelconque de l'*Aurore* court à Médan sur bicyclette, Entretien sublime avec
le patron qui n'a perdu, ni risqué — ainsi
que le prétendent quelques jobards — ni sa
fortune ramassée avec la langue dans les
émonctoires des bourgeois, ni sa réputation
de Salaud. Au contraire, certes !

La dite interview nous apprend, d'abord,
ceci : « Cyclisme et photographie, telles sont
les occupations principales de Zola en va-
cances ». Cette révélation n'a rien d'imprévu. Il doit nécessairement collectionner
des timbres-poste, prendre des leçons de
piano, etc., aucune idiotie bourgeoise ne
devant être étrangère à cet incomparable
bourgeois. On apprendra, un jour, qu'il in-
troduit « des thermomètres dans les der-
rières », comme les héros de Flaubert.

On parle aussi, bien entendu, de l'Affaire.
Alors, ça devient très beau. « On m'a offert
des sommes folles pour des conférences en
Amérique ». On lui a proposé des trésors
pour un drame ou un roman sur la dite
affaire. « J'ai tout refusé » !

Ici, position stratégique : « L'exploitation, par moi, de l'Affaire serait basse et vilaine ». Sans doute, quand le fruit ne donne plus de jus, on jette le zeste au fumier. Cependant.... vilaine, oui, mais pourquoi *basse?* Du point où est situé le spectateur, il me semble que les étrons même doivent luire au milieu des constellations.

Quelques mots sur l'*exil* — c'était prévu — et sur « une petite jumelle » photographique fixée à sa bicyclette, servant à donner, à Londres, des clichés merveilleux. Enfin, L'ALBUM DE L'EXIL !!! ô Ernest! ô Urbain! ô Georges! ô Francis!... ô mon doux Cambronne !

Ah ! J'allais oublier ceci : « Depuis *Fécondité* que publia l'*Aurore,* je n'ai rien fait de SÉRIEUX !!!!! »

1ᵉʳ Aout. — Voici : Une institutrice fait un gros trou dans une porte, pour *voir.* Elle amène une petite fille à ce trou et l'innocente voit (quelle invraisemblance !) Paul Bourget en train de *féconder* maman. Là-dessus, la petite fille innocente demande qu'on l'emmène au couvent, tout de suite. Secret des vocations religieuses enfin dévoilé !

2. — Oui, Camille Lemonnier, toi qui,
sans être législateur d'aucun peuple errant,
as, tout de même, écrit une *Genèse*, oui, Camille, c'est une affaire entendue. A chaque
feuilleton, la femelle de Matthieu — « bonne
pondeuse, bonne éleveuse », dit le médecin
— met bas un ou plusieurs petits. « Encore
de la richesse et de la puissance, crie notre
imbécile, une force nouvelle *lancée au travers
du* MONDE... » Puis, la tentative de l'élevage
en grand. « C'était la conquête invincible de
la vie, *la fécondité* S'ÉLARGISSANT au soleil ;
le travail mettant, à chaque heure, *dans les
veines du* MONDE, plus d'énergie, plus de
santé et plus de joie ».

Si cet horrible macaroni n'a pas été servi
trente fois, je demande qu'on m'arrache la
peau du derrière devant un public nombreux.

Le *monde !* les veines du *monde !* « Le travail régulateur et CRÉATEUR du *monde* ». Pour
un rien, il écrirait *sauveur* du monde.

Ces ennuyeuses sottises sont évidemment
moins difficiles à trouver qu'une pensée ou
une belle image. C'est une excuse.

4. — Ciel ! Que lis-je ? Des gens qui ne se sont pas vus, depuis des années, s'écrient : « Que de choses ! *Cela ne nous rajeunit guère* ». Le Prince des prosateurs démarquant Alphonse Allais !

5. — Cette fois, il y a une putain qui se décide, j'ignore pourquoi, à allaiter son enfant, après en avoir abandonné ou massacré plusieurs autres. Et, alors, *elle se sent mère !...* Ce passage sera très apprécié dans les bordels où la sentimentalité des dames est au dernier point, comme chacun sait.

Ah ! ce n'est pas le style qui fera obstacle aux enthousiasmes ! Jamais le cochon n'avait pratiqué un bafouillage aussi ténébreux, aussi dense, aussi compacte, aussi inscrutable. Si le capitaine Dreyfus était un homme, au lieu d'être un *juif innocent* — ce qui est bien certainement la dernière posture imaginable — il enverrait aux Chambres, aux ministères, aux potentats de ce monde, une pétition pour réintégrer, immédiatement, son bagne.

7. — « Le désir passait *en coups de flamme*, le *divin désir* les fécondait... le travail néces-

saire, *fabricateur et régulateur du monde...*
Encore un enfant, encore de la richesse et
de la puissance, une force nouvelle lancée
au travers du monde... etc. »

Je le demande, avec calme, à la douzaine
et demie de très pauvres diables séparés
de l'innombrable troupeau des mufles, qui
gardent au fond de leurs cœurs les traditions
d'un art quelconque, l'amoureux souvenir
de l'antique noblesse des esprits de France ;
je demande à ces malheureux quelle pourrait
bien être la formule de mépris applicable à
un soi-disant écrivain qui a l'impudence
d'offrir, dans un même soi-disant livre, les
mêmes niaises et basses phrases jusqu'à
trente ou *quarante* fois, SANS Y RIEN CHANGER
— et aussi ce qu'il faut penser d'un public
assez avili pour admirer une pareille prosti-
tution !

Certes, j'aime peu Flaubert et j'ai assez dit
pourquoi. Mais quels ne seraient pas les ru-
gissements de cet artiste, dont la PROBITÉ
littéraire fut une chose quasi sublime et que
la seule crainte de répéter un adverbe, à cinquante pages de distance, faisait généreuse-

ment pâlir ; quelle ne serait pas l'indignation
du fier *travailleur* normand, s'il vivait encore
pour être le témoin de cette vacherie !

Oui, je demande cela avec tranquillité,
avec humilité, avec la résignation douloureuse d'un solliciteur sans espoir... Silence !

10. — L'immonde feuilleton, interrompu,
deux jours, par la première audience du procès Dreyfus à Rennes, continue.

Certes l'impudence et la sottise de Zola
sont, désormais, peu capables de me surpren-
dre, mais, il faut l'avouer, je reçois une secousse, une *petite secousse*, dirait Barrès, en
relisant, tout de suite, la phrase que j'ai citée
du dernier feuilleton. La même, l'identique,
la sempiternelle phrase, infatigablement ser-
vie aux admirateurs d'Urbain Gohier et de
Pressensé, depuis environ deux mois, c'est-
à-dire à chaque naissance dans la maison de
Matthieu, l'homme fécond qui ne s'arrête pas
une minute — fût-ce pour lire Zola ! — d'en-
gendrer, de fertiliser, de moissonner, d'en-
granger, d'acquérir des terrains, de pratiquer
la vertu, de « capter des sources » et de ré-
pandre des lieux communs.

« Encore de la richesse et de la puissance, etc. » D'un feuilleton à l'autre, c'est pourtant raide, n'est-ce pas, Ernest ? et cinquante mille francs pour cet ipécacuana, c'est tout de même bougrement payé, ô Vaughan ! si j'ose me servir de cet adverbe du Danube.

Même en Danemark, même en Jutland, on serait curieux de savoir l'accueil réservé, en France, à un écrivain moins illustre, eût-il du génie, qui entreprendrait de se moquer ainsi de ses lecteurs.

12. — A pleurer ! Voyons, Emile, pourquoi ne finis-tu pas ? Tu es payé — beaucoup plus de mille fois — Vaughan ne le sait que trop. Disparais avec ton argent. Délivre, une bonne fois, tes admirateurs ! Voilà deux feuilletons — six cents lignes à peu près — pour raconter la mort d'un petit bourgeois, fausse couche de petits bourgeois, reconnu par toi-même un avorton. Par toi-même !...

Je viens de lire ça sans plaisir, mais avec soin. Il est sûr que tu as fait, cette fois, tous les efforts imaginables pour être *littéraire*, pathétique, irrésistible. Afin que tous les liquides pouvant être sécrétés par la compassion

coulassent à la fois, tu t'es fictivement engendré à toi-même un rejeton, un Emiloïde
crevé, « très-calme, très-blanc, les yeux clos,
comme s'il dormait. Point changé, amaigri
seulement *dans le coup de foudre* (ah! oui)
qui l'avait emporté ».

Est-il besoin d'ajouter que ce cadavre sympathique est, par toi, environné de cierges
(enfin!) et qu'il tient un crucifix dans ses
mains jointes? N'est-ce pas là le décor idéal
de tous les bourgeois qui vont infailliblement
pleurer à la première communion de leurs
enfants — élevés, d'ailleurs, dans la plus
totale infamie — en sortant de la loge des
Disciples de Memphis ou de la *Clémente
Amitié cosmopolite,* où ils ont voté, devant
les bouteilles vides, l'abolition du Christianisme?

Les parents, dont l'ignominie et la stupidité
ne seront révélables qu'au Dernier Jour, ces
parents-là admirés de toi, malgré tes protes-
tations *à vingt francs la ligne,* « ont vieilli de
dix ans, *sous ce coup de massue* ». Quant
aux visiteurs, amis de la famille, on les rencontre tellement dans tous les caboulots qui

avoisinent les cimetières urbains ou subur-
bains que je crois inutile d'en parler.

Naturellement, ton homme fécond est là,
avec sa femelle qui déclare péremptoirement
qu'elle en a assez, à la fin, de mettre bas et que
« c'est désormais à ses garçons et à ses filles
de faire des enfants ».

13. — Je n'osais pas le croire, mais je suis
bien forcé de me rendre.

L'infortuné Crétin aura eu l'idée que voici :

« Quelques individus, soi-disant littéraires,
osent me supposer fini. Je vais leur prouver
que je commence. Je vais me manifester *en
coup de foudre*. Subito, sans avoir averti
personne, j'invente *le roman à refrain*, le
roman de dessert qu'on pourra gueuler dans
les noces. Ah ! ah ! mes petits détracteurs,
vous n'aviez pas prévu cette botte ! » Et il le
fait comme il le dit.

Je cite parce que c'est l'unique moyen d'être
cru : « Le désir passait en coups de flamme,
le divin désir les fécondait... le travail né-
cessaire, fabricateur et régulateur du monde...
Encore un enfant, encore de la richesse et de
la puissance, une force nouvelle lancée au

travers du monde... » Oui, mon pauvre vieux.

N'est-ce pas désarmant ? (1)

Dans ce remarquable endroit, fin du livre quatrième, — combien encore, ô Seigneur ? — tout le monde vêle à la fois, chez l'homme fécond, où « les ventres ruissellent d'une éternelle fécondité ».

Pauvre grand Balzac ! si noble et si démarqué par ce pénible voyou dont il n'aurait pas voulu pour frotter son appartement — non, décidément, je ne le vois pas, lisant de telles phrases, dont se pâme, sans aucun doute, la Scandinavie tout entière !

---

(1) Les malheureux qui liront le volume verront qu'un reste de déférence pour le public et, surtout, mon personnel dégoût m'ont empêché, cette fois comme les autres, de citer le refrain entier.

Mais ne pense-t-on pas qu'il vaudrait mieux être tout uniment un sale écrivain ? Zola répétant à satiété les mêmes phrases imbéciles, par impuissance d'imagination ou pénurie de pensée, pourrait, à l'extrême rigueur, être touchant. Mais le triste dindon se persuadant que c'est là une trouvaille d'*art*, et se mettant sur le croupion ces pauvres diablesses de phrases, et faisant la roue avec, ah ! vraiment.

« Les grand'mères sont enceintes, les belles-filles allaitent déjà ». Tout le monde travaille courageusement à faire des enfants. On se croirait au haras ou chez l'éleveur. Zola grouille là-dedans comme le têtard dans son marais.

18. — Quel flair n'a-t-il pas eu, en refusant d'aller à Rennes ! Cet Emile, décidément, a un instinct admirable, j'ose même dire infaillible, pour *se tirer des pieds*, lorsqu'il y a quelque danger.

Quant au feuilleton, sans s'interrompre, un instant, d'être fétide, il continue d'être si ennuyeux et si bête que je n'arrive pas à imaginer un autre lecteur que moi-même de cette ordure.

Ce que je me représente très-bien, par exemple, je crois l'avoir déjà dit, c'est le coup de gueule de la rédaction quand il faut faire, chaque jour, de la place, à un pareil em...deur.

Pourtant, j'ai trouvé ceci :

Deux femmes sur un canapé, lèvent leurs jupes, successivement : l'une pour montrer qu'elle est devenue trop dégoûtante pour

faire la noce, en expliquant, d'ailleurs, avec
des cris de rage, que l'ovariotomie l'a ren-
due incapable de jouir ; l'autre pour faire
voir « l'occlusion de ses trompes » !!! qui
l'empêche d'avoir des enfants. Antithèse de
la « prude » et de l' « impure », dans la pensée du Crétin qui a évidemment compté beaucoup sur ce déballage.

L'homme fécond, témoin de tout ça, « reste
frissonnant ».

Enfin ! voilà donc de la littérature à mettre
dans les mains des jeunes personnes que
protège Mme Paule Mink. Il n'était que temps.

20. — J'ai tenté de lire intégralement les
débats du Conseil de guerre de Rennes. Je
n'y parviens pas. Il faudrait un geste de Dieu
pour finir cette horrible affaire où tout le
monde est abominable. L'*innocence* même
de Dreyfus, en la supposant tout à fait certaine, est presque sans intérêt. Je la vois
très bas, le front dans les ténèbres et les pieds
dans les excréments. Innocence proclamée
par Zola ! C'est à faire peur.

Le feuilleton sempiternel de ce drôle continue. Le rabâchage sénile, au lieu de finir

dans sa bave, a l'air d'augmenter, menace de tout engloutir, comme une alluvion de crotte.

Forcé de croupir en Danemark, au milieu de luthériens imbéciles, quel meilleur journal que l' « Aurore » pour me montrer toutes les phases de dégradation et d'opprobre de la pauvre France qui n'a plus la force de se débarrasser de sa vermine ! Si j'avais un ami assez dévoué pour m'abonner, en outre, à la « Libre Parole » ou à la « Croix », ce serait complet. J'aurais ainsi les deux extrémités du boyau de vache avec lequel on étrangle le plus noble peuple qui fût jamais.

Qu'est-ce pourtant que cette Affaire dont il est parlé dans le monde entier, sinon une illusion, *l'apparence humaine et affreuse d'un* PROCÈS DIVIN *que le moment n'est pas encore venu d'éclairer* ?

« ... Santerre s'était décidé à épouser une vieille dame fort riche, fin logique de cet exploiteur rusé de la femme, *l'âme la plus basse et la plus goulue,* derrière sa pose de lettré pessimiste monnayant la sottise d'une société en décomposition. »

Que pense Paul Bourget de ces quelques

lignes, vraiment bonnes, que je suis heureux et stupéfait de découvrir dans l'interminable fumier ?

Ne dirait-on pas que le vieux Crétin s'est considéré lui-même, avec une attention de Narcisse, dans le très fidèle miroir des jeunes yeux du Psychologue ?

25. — *La force du nombre.* Il y est donc enfin venu, le vieux drôle, le vieux sot, le vieux Crétin, je ne dis plus des Pyrénées, mais de n'importe quelles montagnes.

La force du nombre ! que le triple idiot nomme en son patois « la victoire de la vie », dans une incompréhension absolue de toutes les lois philosophiques et du sens même des mots, dans l'obstruction irrémédiable de ce qui aurait pu être sa faculté de concevoir, dans son ignorance invincible de cet axiome enfantin que la force du nombre est précisément, historiquement, physiquement, métaphysiquement et indiscutablement, *le triomphe de la mort !*

Mais voici. Quand on est la force du nombre, on est cent contre un, dix mille contre un, cent mille, un million contre un, et voilà ce qui plaît à notre voyou. Voilà sa gloire ! voilà ce qui le fait riche et reluisant, et voilà aussi, j'ose l'espérer, ce qui procurera ses funérailles prochaines et incomparablement ignominieuses dans la fosse la plus publique de tout l'occident.

27. — Toute la famille de l'homme fécond à bicyclette. « C'est plus moderne... On ne tient pas rancune au succès. Les gens qui s'enrichissent finissent toujours par avoir raison... La famille *conquérante*... Le *bon combat* de la grande culture... »

Puis, tout à coup, imitation, mille fois imprévue, de la divine comtesse de Ségur. Le pauvre Émile, n'ayant pu, dans ses bordels, acquérir (conquérir plutôt, c'est un de ses mots) aucune pratique du langage des bourgeois supposés propres, s'avise enfin de consulter cette dame respectable, si célèbre sous le Second Empire.

Alors, victoire, ô Henri Lavedan ! il y a une jeune vierge comme tu les chantas, bicyclettiste indémontable et lectrice vérifiée de tes livres en chocolat, qui parle du « sacre glorieux » de la propriété de papa ; qui

veut qu'on aille chercher à la gare on ne sait
quels futurs époux, en vue d'une « répéti-
tion » de leurs imminentes noces ; qui dit :
« le royal couple... Nos majestés... Leurs
Majestés... les *préséances*... la reine-mère
(c'est-à-dire maman), le roi et les princes »,
pendant plusieurs pages. O toi, Lavedan, dit
rince-bouche, qui enseignas le protocole des
archiduchesses du dé à coudre et du fil à couper le beurre, que ne baises-tu, sur les deux
lèvres, le grand Crétin qui te ramasse dans
la vertu et qui t'utilise ?

28. — Suite de la comtesse de Ségur et
d'Henri Lavedan. On ne sort plus des « princes, des princesses, des demoiselles d'appa-
rat, des pages, du royal couple, de Cen-
drillon, du prince charmant, etc. » Coupeau
et Mes Bottes en talons rouges ! Il y a une
infante qui dénombre le cortège et qui dit :
« Ça fait vingt... On vous en f... (pardon !),
on vous en donnera des familles pareilles !
*Les lapins qui nous regardent passer sont
muets de stupeur et d'humiliation* ».

Emile se réjouit d'avoir enfin *pigé* la langue des vieilles aristocraties.

29. — Aujourd'hui, la jeune personne aux « lapins » crève subitement de sa bicyclette. Je savais bien que ça ne lui réussirait pas. Il est expliqué par notre Crétin que ce qui l'a tuée, au fond, c'est « la *foudre* imbécile », laquelle est « une *faux* aveugle qui, d'un coup, *sabre* tout le printemps ». Alors le pieux romancier allume économiquement « quatre cierges » et pousse le cri : « Grand *Dieu* ! »

On aimerait qu'une bonne fois, décidément, fussent abandonnés à Lucien Descaves, à Clémenceau, à Urbain Gohier et à quelques autres calottins, ces formes ou vocables tyranniques, inquisitoriaux et surannés dont s'indigne si justement l'adolescente et spirituelle Paule Mink.

31. — Ai-je cité déjà la sottise coutumière de Clémenceau, nommant Dreyfus hérétique, *parce qu'*il est juif ? Clémenceau qui paraît savoir la langue française et même, dit-on, un peu de grec, le savant Clémenceau croit qu'un Juif est un HÉRÉTIQUE !!! O haine carthaginoise du sens des mots ! ô Emile Zola ! ô Ubu ! Il est inutile d'ajouter que le dit Clémenceau croit combler son israélite malheu-

reux en lui mettant au cou cette sonnaille de
vieille vache vaudoise aux trois quarts crevée et puant déjà sur le flanc des monts.

On sait que le latin *cum* est celui de tous
les préfixes qui détermine, modifie ou par-
ticularise le plus grand nombre de mots français.

1er Septembre. — « Chaque fois que l'abs-
traction est devenue le guide de l'humanité,
la civilisation a dévié, s'est abaissée, a méprisé *la vie* pour exalter une lueur céleste,
adorer une étoile, une idée, un néant ». Qui
parle ainsi ? Hélas ! Ce n'est plus Zola !
comme on pourrait croire. C'est un écrivain,
vous m'entendez bien, un écrivain *sachant
écrire*, un humaniste plein de philosophies
et d'histoires, que le seul nom de Zola faisait,
naguère, pâlir de dégoût. C'est Remy de
Gourmont, devenu, inconcevablement, ini-
maginablement, le disciple de ce maître !!!!!
(*Mercure de France*, septembre, page 769) (1).

Un peu plus loin, ô Jésus en agonie ! le

_____

(1) Jésus, autrefois, purifiait les *lépreux* par dizaines, en leur disant d'aller « se montrer aux prêtres ».

malheureux parle de Pascal et des « dou-
loureuses objections que *la raison faisait à
la foi* dans cette tête obstinée et magnifi-
que ».

La raison *opposée* à la foi ! Evidemment
cela contente Emile, cela chausse admira-
blement son cerveau. Mais les ombres glo-
rieuses des éducateurs de l'esprit humain,
depuis Aristote jusqu'à saint Thomas, que
pensent-elles de cet imbécile ayant réussi à
boucler un logicien, un poète subtil, un iro-
niste qu'on croyait profond ? C'est à sangloter.

2. — Nous voici au 105ᵉ feuilleton de
« Fécondité ». Il y a trois mois et demi que
cela dure. On pourrait croire que c'est fini,
archifini. L'homme fécond a engendré beaucoup d'enfants et il est devenu très riche,
naturellement, ce qui ne doit étonner personne. Quant aux gens inféconds, ils crou-
pissent dans l'abjection et la ruine. Chacun
sait que telle est la loi. Pour ce qui est de
l'auteur, il a empoché les 50.000 fr. de Vaughan, en attendant les 250 ou 300.000 autres
que lui offriront divers caissiers accoutumés

à se soulager sur le tombeau de Chatterton.

Bref, la vertu est récompensée et le vice puni, ainsi qu'il arrive toujours en ce monde. On penserait qu'il est temps d'écrire le mot *fin* et de faire place à une cochonnerie nouvelle. Eh! bien, non, non et non! Le Crétin ne désarme pas, le Crétin *recommence*. Après avoir procréé une multitude d'enfants, il a inventé maintenant de les tuer un à un par chaque feuilleton, comme, autrefois, il les faisait naître. Rigolade prodigieuse! Il y a, dans les deux derniers torche-culs, une maison truquée pour précipiter les visiteurs dans des abîmes, telle qu'on en trouve encore dans quelques-uns de ces bons vieux drames de l'Ambigu où se délecta l'enfance d'Emile. Nous voilà donc en marche pour le 200ᵉ feuilleton. Vaughan en aura pour sa galette.

4. — La « dévotion maternelle... le destin vengeur qui voulait ce sacrilège... l'ODEUR DE NÉANT ? (*vulgo*, le phénol)!... » Tout cet épisode de la mort imbécile d'un des innombrables enfants de l'homme fécond, idiotement assassiné par la haine envieuse d'une voisine inféconde et stupide — toute cette

scène basse de mélodrame populacier est à
faire peur ou pitié, selon les tempéraments ;
quand on songe que l'auteur a voulu casser,
broyer, enlever, dompter ce qui ést sous le
le ciel, donner enfin sa mesure au statuaire
du mont Athos !

Comme nous sommes ici, à une hauteur
vertigineuse, il convient de remarquer qu'on
se massacre chez les modernes Atrides, simplement pour savoir « qui aura l'usine ». La
commande, la sainte Commande, tel est le
cothurne chaussé par l'Euripide ou le Sopho-
cle du regrat contemporain !

En un endroit, vers le tremolo le plus pathétique, l'homme fécond, très inquiet, voulant épargner une émotion dangereuse à sa
femelle, enceinte pour la soixante-dix-sep-
tième fois, à deux cent quinze ans, lui crie
ceci : « Non ! je t'en prie, *Dieu descendra* ».
Je l'avoue, j'ai eu un éblouissement. Mais
combien court ! A une seconde lecture, il y
avait : « Denis descendra », — avec du papier, sans aucun doute. Oh ! m... !

6. — «... elle était à la fois le charme, la
sagesse, la bonté, tout l'unique bonheur so-

lide d'un ménage. Et lui aussi était très bon, très sage, trop sage, disait-on, et elle le savait, se mettait en route, à son bras, heureuse, certaine qu'ils iraient ensemble, du même pas tranquille, jusqu'au bout de la vie, *sous ce limpide et divin soleil de la raison dans l'amour* ».

D'après un calcul très-modéré, chacune de ces lignes rapporte 15 fr., au moins, à notre gaga. Il y en a là pour une centaine de francs. Quand le cochon a écrit, entre son café et son pousse-café, cent lignes de cette force, il a gagné 1 500 fr., c'est-à-dire le traitement ANNUEL d'un pauvre employé de chemin de fer (service de l'exploitation), qui risque sa vie tous les jours. Il est utile de remarquer que l'immonde cafard n'a pas son pareil pour gueuler le mot de *Justice !*

Dès aujourd'hui, lisant l'*Aurore* du 4, je ne vois nul moyen de croire à l'acquittement de Dreyfus. Y eut-il jamais rien de plus manifeste que la volonté formelle, absolue, antérieure à tous débats, de condamner cet israélite ?

Voilà donc un homme *inexplicablement*

situé au centre d'un réseau d'iniquités ; privé
de tout secours efficace, et même de toute
consolation ; n'ayant pour le défendre — à
quelques exceptions près — que des gens
affreux, ennemis de la Splendeur comme
s'ils étaient des démons, et identiques,
par leur infamie, aux réprouvés honorables
qui l'accusent ; ne sachant pas mieux,
pour se défendre lui-même, que de tour-
ner, en gémissant, vers la sotte terre, un
morne regard !...

On a remarqué, dans ses lettres, l'absence
de tout sentiment religieux, de toute vue noble sur la fin des choses, ce qui est, on en
conviendra, assez effrayant chez un malheureux qui lutte contre la mort.

A Rennes, il dit : « Oui, mon colonel !
Non, mon colonel ! » puis il parle de sa
femme en pleurant. Ah ! je sais bien que cer-
taines muqueuses, à commencer par les
miennes, résistent difficilement à cela. Pourtant, ô Hébreu ! si tu étais plein de ton père
Abraham, si tu pensais à Moïse et aux Pro-
phètes, si tu croyais à la Promesse, tu aurais
quelque chose à dire à ces généraux, imbé-

ciles autant qu'infâmes, qui saliraient probablement leurs culottes étoilées... en t'écou-
tant.

Mais tu es un pauvre dans les ténèbres...
tu ne sais pas.

Dreyfus donc sera condamné, j'ose le pré-
dire, et la Justice divine n'aura pas reçu l'at-
teinte la plus légère. Il sera puni d'un crime
inconnu — d'un crime de riche — sous la
présomption d'un crime connu, dont il paraît
être absolument innocent et irresponsable.
Et ce sera très bien. Si Dieu n'était pas infaillible, qui le serait?

Pour ce qui est des suites, je veux croire
que mes vœux s'accompliront et qu'enfin
naîtra le définitif chambardement que j'ai si
souvent annoncé.

8. — Encore un Danois qui me parle de
l'Affaire! Occasion de remarquer, pour la
centième fois, l'intérêt immense de tous les
étrangers, pour la cause de Dreyfus, et le
mépris universel, absolu qu'inspire notre
État-Major.

Je l'écrivais, avant-hier, il est trop démontré à l'observateur le moins profond que

la perte de cet homme est décidée et que,
pour les putains en uniforme qui siègent au
Conseil de guerre, il ne s'agit pas, un instant, de débrouiller la vérité, — qui,
d'ailleurs, est connue de tout le monde, —
mais simplement et uniquement de dénicher
un truc de condamnation qui ne fasse pas
trop éclater la conscience humaine.

Le sentiment unanime des étrangers est
que ce dénoûment prévu serait, pour la
France, une honte à ne pas s'en rele-
ver.

9. — « Fin du livre cinquième » et... « à
suivre ». Ah! c'est un rude coup! Maintenant,
où est la raison pour que ça finisse? je le demande. Combien de temps encore, cette foi-
rade sans nom, qui paraît au fier Crétin le
cours d'un fleuve majestueux?

Ce livre cinquième, dont nous voilà dé-
blayés, finit naturellement par le refrain
déjà dit (voir 13 août). Mais le curieux, c'est
l'intention — évidente désormais — de ca-
ractériser, de synthétiser en ce rabâchage
stupide, ses propres bouquins, ce qu'il appelle son œuvre, à lui, Zola. Lue dans cette

pensée, la ritournelle a quelque chose de
prodigieux, de fantastique :

« ...*Si l'on avait moins* RI, on aurait entendu le ruissellement du lait, ce petit ruis-
seau dans le torrent de la sève qui soulevait
la terre, qui faisait frémir les grands arbres
au puissant soleil de juillet. De toutes parts,
la vie féconde charriait les germes, créait,
enfantait, nourrissait. Et pour l'éternelle
œuvre de vie, l'éternel fleuve de lait coulait
par le monde ».

O égrotants assoupis, ô valétudinaires se-
reins qui vous liquéfiez *silencieusement* dans
les lits mécaniques de l'Assistance, au sein
des asiles ; — que pensez-vous de cette ma-
melle ?

11. — On paraît avoir interrompu le massacre chez l'homme fécond. Deux cadavres
ont suffi. C'était un essai, c'était pour voir.
Ne trouvant plus dans son imagination,
qui ressemble à celle d'un poète comme une
tourbière à un lac, aucun avouable expé-
dient pour tuer le reste de la famille, notre
auteur s'en tire le plus simplement du monde.
Il passe à autre chose. Il frotte les vieilles

toiles foraines de l'*Assommoir*, souillées de
fange et de bran, depuis vingt-cinq ans — et
nous revoilà dans ce joli monde, chez une
ouvrière tirée du bordel, on ne sait comment
ni pourquoi, qui pratique la vertu six jours
par semaine et se repose le dimanche en tra-
vaillant. Malheureusement, cette Pélagie
sans Dieu n'a pas tout prévu et se laisse
taper par « un jeune homme trapu *de* (*sic*)
mâchoires brutales », son fils, hélas ! jeté
aux ordures dix-huit ans auparavant, lequel
fils elle avait si bien cru crevé et qu'elle
donnerait si volontiers un tiers de sa peau
pour voir instantanément disparaître au fond
du plus sale gouffre.

La vertu de cette ouvrière est, dans la pensée du bon vieux Crétin, ce qui doit enfin
démonétiser les légendes poussiéreuses des
Pénitentes et des Vierges que l'Eglise honore
sur ses autels.

12. — « Le jeune homme trapu *de* mâchoires brutales » continue à *taper* sa vertueuse mère, qui n'a d'autre ressource que
l'amitié de Mme Angelin (!), une vieille inféconde chargée par Emile de supplanter avan-

tageusement les Petites Sœurs des pauvres
qui *ont fait leur temps* (1). Cette dame, délé-
guée de l'Assistance publique et se foutant
— comme il convient — de tout Bon Dieu,
va visiter les pauvres, « tenant sur les genoux
son petit sac gonflé des pièces d'or et des
pièces d'argent qu'elle a à distribuer ».

Voilà une chose qui étonnera indistinctement toutes les classes de la société. L'Assistance publique prélevant une somme quelconque, ne fût-ce que de quinze centimes
sur les quarante ou cinquante millions annuels que ses mandarins se partagent, *pour
assister* des indigents !...

Zola, naturellement, gobe ces blagues ou
s'il ne les gobe pas, il feint de les gober, ce
qui est exactement la même chose pour une
nation, désormais française, qui pense que
l'Évangile fut écrit, vers le milieu du
xviiiᵉ siècle, par des philosophes.

Moi, je n'ai plus qu'une ambition. J'attends
le « Calvaire », celui de l'ouvrière vertueuse,

_____

(1) Ce mot n'est pas d'Emile. Il est incapable de trouver une expression aussi originale.

bien entendu, qui va nous être servi bientôt,
n'est-ce pas? Lucien Descaves. *Je l'espère
du moins*, comme disait un de mes anciens
curés, parlant du martyre, qu'il supposait peu
probable pour ses ouailles et pour lui-même.

J'ai déjà dit cette rage de prostituer les
mots. Précisément, celui de *martyre* me
fait penser aux infâmes sottises de l'heure
présente. On est tellement dans la viande et
l'abolition du sens des mots est si demandée
qu'il suffit de parler de souffrances pour
éveiller l'idée de Martyre. Il y a des enfants
martyrs, des femmes martyres, il y a même
des animaux martyrs. Le sens du mot est
absolument détruit.

Ces faméliques athées qui subsistent exclusivement des reliefs d'idées laissés par l'Eglise
sur la table d'or où tous les peuples se sont
assis, et qui n'ont pas même la gratitude in-
testinale des pauvres chiens, — voyez comme
ils déshonorent, comme ils ridiculisent cet
infortuné Dreyfus qui devrait leur faire tant
de pitié! Ils ne savent lui offrir, dans son
épouvantable misère, que le plus sot, le plus
répugnant des lieux communs :

« Que ses enfants sachent combien il a souffert, combien il est grand. Qu'ils sachent qu'il y a, à jamais, une
auréole, à son front et que, d'un bout à l'autre de l'Europe et du monde civilisé, on se découvre à son nom,
comme au nom du plus NOBLE *des martyrs*. B. Gui-
naudeau ». (*Aurore*, 10 sept.)

Saint Etienne, saint Laurent, saint Georges, vingt millions d'autres qui fûtes les *Témoins* volontaires de Notre Seigneur Jésus-
Christ et, pour cette raison, nommés *Martyrs*, où êtes-vous?

Je viens de lire l'arrêt de condamnation,
aujourd'hui seulement, puisque je suis en
Danemark. Majorité de 5 voix contre 2. Que
font ici ces deux pauvres voix inutiles qui
seraient si bien, demandant l'aumône sur la
grande route des cieux?

En attendant le « Calvaire » imploré plus
haut, j'ai la consolation d'assister au « cru-
cifiement » de Dreyfus par Clémenceau.
(*Aurore*, 11 sept.) C'est une honte, je ne le
dirai jamais assez, de recourir à d'aussi
idiotes rengaines, surtout quand on est un
écrivain. Mais le voisinage de Zola!...

13. — Ai-je dit que le Crétin, depuis quel-

ques jours, a lâché Balzac (*Médecin de cam-
pcgne, Curé de village*) pour Eugène Sue et
qu'il semble se jeter à corps perdu sur les
Mystères de Paris? (Voir l'assassinat de la
dame au petit sac par des bandits de Gre-
nelle). Il démarquerait des œuvres plus iné-
dites, s'il en connaissait. Désormais, on peut
s'attendre à tout. Il va, j'ose le croire, nous
découper quelques chapitres d'*Atala* ou de
Paul et Virginie. Peut-être même, vers le
195ᵉ feuilleton, découvrira-t-il une fable
de La Fontaine aussi peu connue que *la Ci-
gale et la Fourmi* ou l'*Oraison funèbre de
Mᵐᵉ Henriette*, car il s'agit de frapper de
grands coups, d'étonner le peuple.

Ah ! oui, je sais bien, le fin du fin serait
d'éditer des choses totalement et à jamais
ignorées de *son* public, des pages de Barbey
d'Aurevilly, par exemple, de Villiers de l'Isle-
Adam ou même de Léon Bloy. Mais voilà, il
faudrait, au moins, en avoir entendu parler.
Puis, les lecteurs d'Urbain Gohier n'y seraient
plus du tout et Zola lui-même n'y compren-
drait rien, sa littérature ne dépassant guère
l'école du soir.

O Ubu ! encore une fois, viens à mon aide.

14. — *Le Cinquième Acte*, article d'Emile Zola (*Aurore* du 12). « Je suis dans l'épouvante, dit-il,... *la terreur sacrée* ». Il y avait en juin dernier, *la petite lampe sacrée* (elle aussi) portée par le même imbécile qui tient évidemment à ce mot. Sacrée ou non, la terreur d'Emile consiste surtout à voir la France « rouler dans l'abîme ».

De la part d'un des trois ou quatre voyous qui ont le plus fait, depuis si longtemps, pour précipiter cette impératrice des nations, une telle parole de tartufe mériterait déjà la plus ignominieuse volée de soufflets, en attendant le dernier supplice. Aujourd'hui, pourtant, c'est si extraordinaire que j'en demeure stupide.

On se rappelle l'article ahurissant mentionné ici, le 7 juin, où il était parlé de la « petite lampe ». Eh ! bien je crois que celui-ci est plus beau. Sans doute il s'agit toujours des « souffrances » et des « désespérances » de son « exil » à lui, Zola. Sans doute il est toujours parlé de ce romancier d'évier, exclusivement et vindicativement considéré par lui-même comme le Centre et l'Ombilic.

Mais, dans la circonstance actuelle, l'intensité, la violence, la flagrance du Moi paraissent avoir quelque chose de nouveau,... quelque chose de Barrès !...

Cela tient peut-être à l'absence infinie, à la fois stupéfiante et vomitive, de tout talent d'expression. Avant d'être le Prince des prosateurs, Emile pouvait, à la rigueur, se recommander d'une statique prose de chienlit qui lui avait valu le suffrage des voyageurs de commerce et de la plupart des boutiquiers immobiles ; mais depuis, ah ! depuis,... c'est devenu si horizontal qu'il est à peu près impossible de rester soi-même sur ses pieds. Fût-on cent fois le « bon citoyen » que cette basse crapule se dénomme, je ne connais pas de clémence humaine ou divine qui pourrait absoudre un salopaillon d'écrivain d'avilir à ce point la langue française !

N'est-ce pas idiotifiant ? Voilà Dreyfus condamné, derechef, de la façon la plus deshonorante pour ses juges et dans des circonstances où il aurait tant fallu ne pas

aggraver la honte déjà indicible de notre
Commandement militaire. Emile annonce
qu'il va parler, cet Emile déjà si fameux par
une intervention peu expliquée et certainement immonde en ses causes. Comme il est,
sans contredit, l'esprit le plus bas qu'on ait
jamais vu, la multitude est avec lui, le monde
l'écoute. Que va-t-il dire ?

Ah ! rien du tout, sinon qu'il est un « bon
citoyen », un martyr, lui aussi, un revenant
de l'âpre « exil », un « patriote privé de som-
meil » depuis que « la vérité est en marche » ;
enfin qu'il est « prêt à la payer », cette vérité
précieuse, « de sa liberté et de son sang ». Il
ne dit pas de son *argent*, je prie les mauvais
citoyens de le remarquer.

450 lignes de lieux communs qu'une imitation furieuse de Clémenceau fait paraître
plus ignobles, c'est dur. « Mentalité spéciale...
mentalité obscure... On n'avait condamné
Jésus qu'une fois... L'idée sera crucifiée, le
sabre doit rester roi... » etc. Enfin il paraît
que cela suffit à un certain nombre de magna-
nimes.

Mais le ton de ce drôle parlant de l'homme

dont il se proclame sans cesse le défenseur et
le sauveur, le ton d'infamante miséricorde et
de protection ignominieuse du salaud parlant
d'un soldat ! — ce soldat fût-il même encore
plus déshonoré — c'est à faire peur. Honte et
peur. « Ce pitoyable Dreyfus dont la
pauvre loque humaine ferait pleurer les
pierres »... etc.

Il est juste, cependant, de reconnaître qu'il
nomme très peu son client involontaire, les
450 lignes étant, avant tout et surtout, pour
Emile Zola. A la place du titre : *Le Cinquième
Acte*, inintelligible dans l'Absolu, oh ! combien ! il aurait fallu écrire bravement : Moi !
et se contenter, pour la signature, de la dernière phrase mentionnant quelque chose qui
arrive *dans un coup de foudre* ou *en coup de
foudre*, je ne sais plus.

16. — Zola, les gens de l'*Aurore*, les ad-
versaires des gens de l'*Aurore*, les civils et
les militaires, les juges et les justiciables, les
témoins et les faux témoins, les catholiques
et les francs-maçons, les juifs, les protestants, les honnêtes gens ! Quelle légion de
canailles ! Quel immense tas d'idiots ou de

bandits ! Quelle honte ! Quelle horreur !
Quelle désolation !

Impossible d'extraire quoi que ce soit du
feuilleton. C'est trop stupide et la langue
qu'on y parle est trop abjecte. Il faudrait
citer sans cesse les mêmes âneries. La seule
chose à signaler, c'est l'intention plus que
folle de l'auteur qui paraît vouloir ne jamais
finir.

Pourquoi cela ? Qui pourra le dire ? Il est
payé, n'est-ce pas, Vaughan ? rudement payé.
Son espèce de livre est fini, depuis longtemps,
tellement fini qu'il n'est plus au pouvoir,
même d'un ange, de comprendre désormais
ce qui se passe, puisque la conclusion de cette
œuvre, immonde mais architoquée, était *au
début*, comme la fin du lupanar est dans son
gros numéro doré. Alors, quoi ? Il a voulu
faire du Balzac et ça n'a pas réussi. Il a
essayé de faire de l'Eugène Sue et ça a raté
tout de suite. Maintenant il entreprend on
ne sait quoi. Il promène lamentablement, çà
et là, sa chaise percée. Pourquoi ne couche-
t-on pas ce pauvre vieux ?

17. — Je voudrais qu'Urbain Gohier me
fît don de son portrait. Je me le représente très bien comme un de ces cordonniers incorruptibles de 93 dont la *langue*
dégoûtait Napoléon. Il se pourrait, néan-
moins, que la vénusté d'un garçon coiffeur ne
lui eût pas été refusée. Moralement et politi-
quement, ces deux aspects ne manquent pas
de confluence.

« Le métier militaire, écrit-il, est, avant
tout, l'école de la lâcheté ». (Aurore, 14 sept.)
Certes, on ne pourra pas dire facilement que
je croupis sur l'empeigne de l'Etat-Major.
Les gueules bêtes et venimeuses de Mercier
ou du commandant Carrière, par exemple,
s'il m'était infligé de les contempler sans
cesse, me sembleraient un purgatoire très
rigoureux. Mais ce larbin déchaîné qui ose
prétendre que les soldats de la République et
de l'Empire — pour ne pas remonter plus
haut — étaient des *lâches !...* C'est à se demander si les chroniqueurs de l'*Aurore*,
dont l'ambition va je ne sais où, ne sont pas
intentionnellement les pires ennemis, les
plus cruels assassins de Dreyfus.

Voyons ! que veut-on que pense un brave
homme d'officier peu informé ou même très
informé, lisant une telle phrase à Philippe-
ville, à la Pointe-à-Pitre ou à Chambéry ? Il
pensera naturellement, invinciblement, qu'on
a raison de dire qu'il y a une conspiration
contre l'armée et que le Dreyfus de ces mes-
sieurs, même en le supposant innocent du
crime de trahison, est, tout de même, entre
leurs mains, un prétexte et un instrument.

« Ce mannequin sinistre », écrit, le même
jour, à vingt centimètres d'Urbain, l'oracu-
laire Clémenceau. Aveu bizarre et inhumain !
Les bras tombent quand on lit ces choses !

Avez-vous lu les chapitres généalogiques
de la Genèse, des Paralipomènes ou d'Es-
dras ? Eh bien ! voilà, si vous voulez le savoir, ce que notre Crétin a entrepris, chap. II,
livre sixième de *Fécondité*. Il n'y avait personne pour le surveiller à ce moment-là. Il
dénombre, *en les appelant par leurs noms*,
les enfants, petits-enfants et arrière-petits-
enfants de l'homme fécond. C'est inouï, c'est
à crever, c'est à faire éclater des éléphants !

20. — Passé la journée à lire en partie la collection des numéros de *la Croix* relatifs à l'Affaire. Tristesse et dégoût horribles. Je ne sais ce qui me révolte le plus, de la vilénie incomparable de ces religieux-larbins, toujours du côté de celui qu'ils jugent le plus fort — ou de l'étonnante bassesse de leurs pensées.

Oh ! cet esprit de séminaristes, ne sortant jamais des niaiseries honteuses d'une puérilité épouvantable, sinon pour se dilater aux plaisanteries excrémentielles qui ont, à leurs yeux, cet avantage de ne pas blesser « la sainte vertu ».

Certes ! les turpitudes bordelières d'Emile sont délicates, madrigalesques, rafraîchissantes, liliales, virginales, en comparaison.

Des ecclésiastiques, d'ailleurs corrects, on veut le croire, qui repoussent avec indignation, avec horreur, un roman de Balzac et qui expurgeraient Ezéchiel, ne se croient pas impurs en se prêtant à des histoires de pots de chambre ou en parlant, avec quelle finesse ! du « TROU DE BALLE » !!! de Me Labori. (*La*

Croix, 24 août, 1ʳᵉ page ; 26 août, supplément ; 16 sept. 2ᵉ page).

Le 26 août, il y eut la chanson que voici, sur l'air de la *Casquette* évidemment :

LA CHANSON

DE L'« ASSASSINÉ BIEN PORTANT ».

Il paraît qu' la s'maine dernière
Un dreyfusard très connu
Comm' le général Brugère
A reçu du plomb dans... l'*dos*.

As-tu vu
Le trou d'balle, le trou d'balle
As-tu vu
Le trou d'balle à Labori.

Toute la gendarmerie
Cherch' l'assassin inconnu
Qu'a eu cette barbarie
De blesser un homme au... *dos*.

As-tu vu, etc.

A sa terrible blessure
L'avocat a survécu
Quoiqu'ce soit une chose bien dure
Que d'avoir une balle dans le... *dos*.

As-tu vu, etc.

On court chercher pour l'extraire
L'éminent docteur Reclus ;
Secondé par un confrère
Il lui fait des fouill's dans... l'*dos*.

As-tu vu, etc.

M'sieur Doyen à la rescousse
Accourt, mais... turlututu
Le blessé qu'avait la frousse
N'veut pas lui montrer son... *dos*.

As-tu vu, etc.

Bref, après tant de souffrance,
L'avocat est revenu
Prendre sa place à l'audience
En gardant sa balle dans... l'*dos*.

As-tu vu, etc.

Il a fait une bell' harangue
Son bagout a reparu
Y a rien qui délie la langue
Comm' d'avoir un'balle dans l'*dos*.

As-tu vu, etc.

Du fond de mon fiord danois, j'entends les
éclats de rire et la débordante allégresse de
dix mille curés de campagnes ou de petites
villes, lisant cette ordure à leurs vicaires, en
revenant de l'église où ils ont récité, après la

communion sous les deux espèces, — et Dieu
sait dans quels sentiments ! — la douce prière
du prêtre :

*Corpus tuum, Domine, quod sumpsi, et
Sanguis quem potavi, adhereat visceribus
meis : et præsta, ut in me non remaneat scele-
rum macula, quem pura et sancta refecerunt
sacramenta...*

Il est inutile, je pense, de rappeler que
ces choses charmantes s'écrivent sous l'Image
de Notre Seigneur Crucifié, laquelle, depuis
vingt ans, se voit en première page de *la
Croix*, et qu'on est sûr de retrouver dans
tous les cabinets d'aisances publics ou parti-
culiers.

Certains hôtels dits de *Missions*, à Copen-
hague et par toute la luthérienne Scandinavie,
offrent à leurs clients de petits *Nouveaux Tes-
taments*, sur des tablettes pieuses, dans ces
nécessaires endroits. Mais qu'est-ce que cela,
comparé à la permanente profanation —
par des fils de saint Augustin ! — du Signe
adorable ?

21. — J'apprends que Dreyfus a eu sa

grâce. Il a de la chance, celui-là ! on peut le
dire. Je voudrais bien obtenir la mienne. Là-
dessus, M. de Pressensé écrit des phrases
dont je me soucie comme un rhinocéros d'une
clarinette.

On dit que, peu satisfait d'un dénouement
qui ne le réhabilite pas, cet israélite veut
maintenant poursuivre ceux qui l'ont calom-
nié et persécuté. On ne sortira jamais du
dédale de cet *honneur*.

Si le malheureux était un chrétien et un
vrai homme — j'ai déjà dit quelque chose
de semblable — il irait, dès aujourd'hui,
dans une solitude *volontaire* qu'il remplirait
de son silence et de sa prière, utilisant ainsi,
en vue de la mort, les souffrances peu ordinaires que ses misérables amis appellent si
sottement son *martyre*.

24. — Emile me demande pourquoi je
parle si peu de son feuilleton, depuis quelques
jours. Que répondre à ce pauvre garçon, sinon que je suis à bout de forces et d'expé-
dients ? Rien à ramasser.

Aujourd'hui, pourtant, il paraît y avoir un

semblant de quelque chose. Voyons. Il y a
un vieux comptable idiot, naturellement re-
commandé par l'auteur qui n'hésite pas à
faire de lui la proue du destin. Pourquoi et
comment cet inoffensif, devenu féroce, en arrive-t-il à vouloir tout chambarder? Par
quel sophisme, d'ailleurs, expliquer, je ne
dis pas des passions, mais de simples velléi-
tés passionnelles dans une société en mastic
d'où l'apparence même de la vie est exclue
et qui s'écaille, chaque jour, sous la main
d'un vitrier de misère lequel se croit, au
moins, l'égal de Michel-Ange ?

En dehors du besoin hystérique de faire du-
rer, s'il était possible, jusqu'à la consomma-
tion des siècles, une œuvre finie avant d'être
commencée, je n'imagine aucun moyen d'ex-
cuser les surérogatoires aventures que le
pitoyable Emile veut coller, par le moyen de
je ne sais quel mucus horrible, aux feuilles
surabondantes et disloquées d'un impossible
roman à tiroirs, déjà en partance pour toutes
les boutiques d'épicerie des deux hémis-
phères.

Mais ne nous égarons pas. J'ai parlé d'un

semblant de quelque chose. Voici : Après la
mort du vieux comptable qui crève en tuant
je ne sais qui ou je ne sais quoi, on trouve
chez lui, sur une table, « ainsi que sur un
autel de religieuse offrande » — devant des
photographies de sa femme et de sa fille,
égorgées, à vingt ans de distance, par des
avorteurs — « plus de cent mille francs en
monnaie d'or, d'argent et même de cuivre ».

Depuis un quart de siècle, il ne mangeait
plus que du pain rassis et vivait comme un
pouilleux, offrant tout ce qu'il gagnait à ces
fantômes.

Il est clair que Zola qui appelle ça « un
bouquet » et qui ne doit, en effet, se représenter un culte religieux que sous des espèces monétaires, a dû, nécessairement, voler
cette histoire à quelque pauvre diable sans
défense, et qu'il n'y a rien compris du tout.
Elle n'ajoute, il est vrai, absolument rien à
son feuilleton qu'un peu plus de trouble et
d'obscurité. Mais on entrevoit ce qu'elle aurait pu devenir sous la plume d'un écrivain.

Et maintenant nous voici arrivés au numéro 125 du feuilleton. Cela fait environ sept

cents pages, et *rien encore n'a été dit.* On a
remarqué, dans les dernières années, que ces
coïonnades illisibles devenaient de plus en
plus longues. On ne sait où cela s'arrêtera.
Dans le cas actuel, dussè-je être écorché vif,
je suis forcé de déclarer qu'à cette sept centième page, le roman du Crétin a l'air de
commencer seulement. Voilà des gens, très
semblables à des bestiaux, qui ont travaillé,
forniqué, trente ans, pour bâtir une famille
sublime, une famille en granit. On pourrait
croire que ça y est. Pas du tout. Ça craque
déjà de tous les côtés. Les sept cents pages ne
seraient donc qu'une sorte de prologue !...

Ah ! dans ce cas, je lâche tout. Il y a plus
de quatre mois que je me gargarise, chaque
matin, avec cet élixir de décrépitude, cette
eau de jouvence du sépulcre. C'est trop demander à un pauvre père de famille.

C'est à faire rendre des tapirs, de toujours
lire les mêmes syllabes dénuées de sens, ali-
gnées pour faire des semblants de mots toujours prévus et des ombres de phrases absolument identiques : « la foi en la vie... l'espoir
en la vie... l'attentat contre la vie... la flo-

raison de bonté, de joie et de vigueur... »
Il y a un vieux sot très-apprécié qui « achève
de vivre dans la gaieté sereine de son espoir
en la vie »!... C'est incroyable ce qu'on peut
faire avaler aux hommes de stupidités ou
d'ordures, quand on leur apporte l'évangile
de l'inexistence de Dieu et du putanat universel !

Un mauvais tour à jouer à Zola serait de lui
demander ce qu'il entend par la VIE. Mais, à
quoi bon ? La réponse ne serait même pas cu-
rieuse.

Le pauvre homme qui n'a jamais pris connaissance d'aucun rudiment de philosophie
et qui doit croire que le mot *Métaphysique*
appartient à une langue oubliée de l'âge de
pierre, s'étonnerait comme le premier bou-
tiquier venu, qu'on l'interrogeât sur une
chose si simple.

Il répondait avec bonhomie, — en déchi-
rant une nouvelle feuille de papier, — que la
vie consiste à gagner de l'argent, à bien manger, à bien dormir, à bien faire l'amour et à
bien faire caca. Quelle autre réponse espérer
d'un tel cerveau ?

25. — *Lettre à Mme Alfred Dreyfus par Emile Zola.*

Cinq cents lignes pour dire à cette dame que son mari est un *martyr* et que lui, Zola, autre martyr, est, de surcroît, un POÈTE. Mais quel martyr et quel poète? Vous allez bien voir.

Cette lettre écrite « malgré le deuil du citoyen, malgré la douleur indignée, la révolte où continuent à s'angoisser (*sic*) les âmes justes (1) », est adressée « sous la lampe », dans « la maison close (!!!) », à la femme du « martyr », du « crucifié », du « mort ressuscité sorti vivant et libre du tombeau ».

L'expéditeur « n'a vu qu'une chose », c'est qu' « un innocent souffrait », et je vous fiche ma parole qu'il sait ce que c'est d'être innocent et de souffrir! Alors, naturellement, il a tout fait. « Que de fois, pendant les deux cruelles années, ces deux années de *luttes géantes*, j'ai désespéré de l'avoir, de le rendre vivant à sa famille !... Affaire de sentiment !

(1) Il n'a pas osé écrire *les âmes des justes.*

Mon Dieu ! oui, mon cœur seul était pris ».

Enfin Dieu, le « *grand Dieu* » si souvent et si pieusement invoqué, a eu la bonté de marcher. « Le supplicié est descendu de sa croix,... le martyr est décloué de sa croix », couvert de « crachats », abreuvé de « fiel et de vinaigre »... et il est venu s'asseoir « sous la lampe familiale (1) ».

Or qu'arrive-t-il? C'est que ce martyr, ce crucifié qui est bien certainement « le plus innocent des innocents, devant tous les peuples de la terre », ce « héros plus grand que les autres, parce qu'il a plus souffert... ??? », ce Dreyfus décidément, « *passe Dieu* ».

Et voici :

« Nous lui élevons un autel dans nos cœurs, n'ayant à lui donner rien de plus *pur*, ni de plus *précieux* »...

Le cœur de Zola !... Un autel dans le cœur de Zola !!!

----

(1) Cette locution fort usitée, dit-on, chez les marchands de lorgnettes, reparaît plusieurs fois, sans utilité vérifiable. C'est une attention exquise que tout autre qu'Emile eût oubliée.

Et maintenant, peuples, écoutez :

C'est au pied de cet autel, et non ailleurs, que se fera « l'acquittement triomphal, la réparation éclatante », et que seront vues « *toutes les générations* A GENOUX, demandant à la mémoire du supplicié glorieux le pardon du crime de leurs pères ».

Est-ce tout ? Non, il y a plus beau.

« Ici, Madame, nous arrivons au sommet. Il n'est pas de gloire, il n'est pas d'exaltation plus haute... Cet innocent, le voilà devenu le symbole de la solidarité humaine, d'un bout à l'autre de la terre. Lorsque la religion du Christ avait mis quatre siècles à *se formuler* (?????), à conquérir *quelques* nations, la religion de l'innocent condamné deux fois à fait, d'un coup, *le tour du monde*, réunissant dans une immense unanimité, toutes les nations civilisées. Je cherche, au cours de l'histoire, un pareil mouvement de fraternité universelle et je ne le trouve pas ».

C'est comme pour les expressions originales ou les pensées neuves. Le pauvre Emile n'a vraiment pas de chance.

« Pour *la première fois*, dans les temps,

l'humanité entière a eu un cri de libération ».
On n'a pas encore le toupet d'écrire de *ré-
demption*, mais c'est à peine s'il s'en faut
d'un petit cheveu.

· « Et qu'il soit donc honoré, qu'il soit vénéré, l'homme élu par la souffrance, *en qui
la communion universelle vient de se
faire* ».

· Eh! bien, oui, je l'avoue, j'aime encore
mieux « le trou d'balle à Labori », c'est moins
bête.

Pour ce qui est du « tour du monde », que
puis-je faire, équitablement, sinon de m'élan-
cer derrière un lapin d'individu qui m'apprend que la meilleure des religions est celle
qui fait le plus vite le tour du monde ?

Ça, par exemple, c'est fort, je suis con-
traint de l'avouer. Seulement je m'embrouille
un peu. Emile nous avait déjà proposé la religion du *travail*, puis la religion de la *vie*.
Aujourd'hui, c'est la religion de Dreyfus.
Quelle est celle qui va le plus vite? Quelle
est la meilleure marque? Tout est là. Ah !
que c'est commode et que c'est beau d'avoir
affaire à des apôtres qui pensent !

Et maintenant sans sortir du périmètre lumineux de « la lampe familiale », ne conviendrait-il pas de parler un peu du Poète ?

« C'est nous les Poètes, qui donnons la gloire, et c'est nous encore, Madame, nous, les Poètes, qui clouons les coupables à l'éternel pilori ».

Nous, bien entendu, c'est Zola tout seul. Il serait dément de supposer que ce pronom personnel implique, par exemple, Urbain Gohier, Cyvoct, Lucien Descaves, ou Mᵐᵉ Paule Mink.

Songez que voici un poète, un vrai, qui travaille d'après nature, depuis « quarante ans », oui, Madame, qui *souffre* depuis « quarante ans », qui est un martyr lui-même et qui, par conséquent, a le droit de dire quelque chose, n'est-ce pas ? Eh ! bien, ce poète que les outrages humains ne peuvent atteindre, vous dit que tout va bien et que, d'ailleurs, il est là, LUI, vous entendez bien, Madame, qu'Il est là, ne demandant qu'à s'asseoir « sous la lampe familiale » avec le martyr. Ça vous en fera deux, « sous la lampe », dont un poète. Voilà, certes, qui n'est pas banal.

29. — J'ai avoué, il y a quelques jours, que ça ne marchait plus chez l'homme fécond. Eh ! bien, tout à coup, les choses s'arrangent. Pourquoi et comment ? On ne le saura jamais. Inopinément, il advient qu'à un tournant du feuilleton, tout le monde est en train de s'embrasser en versant des pleurs. Il est vrai que tout le monde a fait fortune. L'un des enfants de l'homme fécond est devenu roi de l'industrie ; un autre roi du négoce ou de la *haute* banque, je ne sais plus ; un autre encore, roi des farines, et de la minoterie ; un autre, enfin, roi de l'Afrique... etc., etc. Eh ! sans doute, qui donc, en France, à l'heure actuelle, garderait encore les traditions antiques de *royauté*, sinon quelques romanciers que la Toute-Puissance fit naître, vers le temps de Paul Bourget, pour nettoyer des pots de chambre et décrotter des souliers, — mais qui lâchèrent ce boisseau pour luire sur le chandelier ?

Le père n'avait eu qu'à frapper du pied la terre aride pour la transformer en un paradis. Tout réussit à ces gens-là, tant il est vrai que la bénédiction la plus ample, autrefois

10

crue le partage des amis de Dieu, est, aujourd'hui, la récompense des familles qui pul-
lulent à la façon des lapins ou des arachnides.

Mais, alors, le feuilleton est fini, archifini,
surfini, ultrafini. Tout est démontré et
prouvé, l'urgence économique et patriotique
de multiplier les enfants des autres, pour les
élever comme des cochons, aussi bien que la
surprenante imbécillité d'un scribe déliques-
cent depuis des années.

Hélas ! non, ce n'est pas fini.

30. — C'est, ma foi ! vrai. Il restait les
noces de diamant que je n'avais pas prévues,
mais qui étaient tout à fait indispensables
pour étaler et dénombrer — toujours comme
dans la *Genèse* — la « pullulante lignée »
des époux féconds. Or Matthieu a quatre-
vingt-dix ans et Marianne quatre-vingt sept.
Leur frai, leur laitance heureuse, tout « ce
flot de filles et de garçons, qu'ils laissèrent,
autrefois, *couler librement* de leur amour, de
leur *foi en la vie* », est maintenant au nombre de TROIS CENTS individus élevés, cela va
sans dire, sur le même fumier que leurs parents et on a, en outre, l'avantage de se trou-

v.er à une époque absolument *inconnue*.

Ça, c'est une des belles idées du Crétin.
Songez qu'environ le temps où cette multi-
plication commença, il y avait déjà des bicy-
clettes!... Soixante ou quatre-vingts ans se,
sont écoulés, ce qui nous met dans la seconde
moitié du prochain siècle. On aimerait
qu'Emile, sollicitant son propre génie, nous
éclairât, un peu, ce futur.

Seulement, alors comme aujourd'hui, —
on sait, au moins, cela — le pauvre est exclu
de toutes les noces. Sur ce point, Emile n'a
jamais varié, et ne variera jamais. Emile
n'aime pas qu'on soit sans argent.

Toutes les fois que le pauvre apparaît dans
un de ses agréables bouquins, c'est pour être
déshonoré, vilipendé, couvert d'ordures et,
au besoin, massacré, comme dans l'*Assommoir* ou dans *Germinal*.

La haine de cet italiote immonde pour le
Pauvre, n'a d'égal que l'instinct de domesti-
cité idolâtre qui le jette au pied de tout si-
mulacre de la Richesse. Là, seulement,
s'exalte ce qu'il ose appeler monstrueusement
son cœur.

6 OCTOBRE. — Où en sommes-nous? Qu'est
devenu le festin des noces de diamant? Nous
avions laissé trois cents individus à table,
grouillante progéniture des époux féconds.
Vous croyez, peut-être, que c'est assez. Eh!
bien, non, il y a une surprise.

Ne voilà-t-il pas que, tout à coup, paraît
un jeune homme, qui se dit « fils du bon
Niger lui-même, de la fécondité miraculeuse
de ses eaux ». Il n'oublie pas d'ajouter que
ce fleuve, — qu'il paraît confondre avec le
Mississipi ou les Amazones — « est immense
et doux, qu'il roule des flots sans nombre,
pareil à une mer... que pas un pont ne l'en-
jambe, qu'il emplit l'horizon d'un bord à
l'autre, qu'il a des archipels et des escadres
de poissons énormes, etc. ; qu'il est, ainsi que
le Nil, le père aux générations sans nombre,
le Dieu fabricateur d'un monde encore inconnu qui, plus tard, enrichira la vieille Europe... Et la vallée du Niger, la colossale fille
du bon géant, ah ! *quelle immensité pure!*...
etc., la plaine, des champs, des sillons droits,
à perte de vue, dont la charrue mettrait *des
mois* à atteindre le bout... des lieues de la-

bour, *roulant des moissons éternelles* ».

Pour tout dire, la vie en république, c'est-à-dire Cocagne, rien moins.

« On n'a même pas besoin de labourer. Il suffit de gratter le sol avec des bâtons. Chasse et pêche miraculeuses... Des lions noirs, des aigles, des hippopotames qui *ressemblent à des enfants nègres !!!* Le jour où nous aurons des machines agricoles, il nous faudra des flottilles de bateaux pour vous expédier le trop plein de nos greniers... » Inutile de parler des autres richesses qui sont sans nombre.

On dit que Christophe Colomb chercha le Paradis terrestre aux Antilles. Zola, plus fort, le trouve au Soudan.

« Enfin, nous sommes pasteurs, nous avons des troupeaux, sans cesse *renaissants*, dont nous ne connaissons pas même le nombre de têtes. Nos chèvres, nos moutons à longue laine sont par milliers, nos chevaux galopent librement dans des parcs grands comme des villes, nos bœufs à bosse couvrent une lieue de berges, lorsqu'ils descendent boire au Niger... » Les ânes, ou

plutôt, les cochons de la mère-patrie, avec
ou sans bosses, qu'ils voulussent boire ou
non, couvriraient assurément une étendue
beaucoup plus vaste.

Telle est « la France de demain », si on
veut le savoir. Ah! sans doute, il y a des
obstacles. L'Algérie ne sera pas reliée à Tom-
bouctou, dès demain matin. Peut-être pas
même dans cinq cents ans. N'importe. « Nous
pullulerons là-bas et nous emplirons le
monde... Venez donc avec moi, puisque
vous êtes trop entassés. (Ne dirait-on pas
qu'il parle à des harengs). J'ai de la place
pour tous, j'emmène les hommes, j'emmène
les femmes... etc., etc., etc. »

Je demande pardon pour ces citations
imbéciles, mais il m'a semblé utile et
même... patriotique de dénoncer une Ré-
CLAME qui rappelle si bien ces torrents d'or
qu'on fit autrefois couler sous les yeux des
souscripteurs du Panama. — Gratuite, sans
doute, Zola étant plus bête encore qu'il n'est
canaille. Mais les capitalistes, infimes ou
grands, doivent toujours être protégés. Ne
sont-ils pas les petits boyaux de la France?

Tout ce lyrisme de camelote écarté, il reste ceci que le jeune bavard est fils de celui des fils du reproducteur qui vient de conquérir l'Afrique. Ce conquérant, qui n'a pas l'air de s'embêter, a eu *dix-huit* enfants et le farceur actuel en a lui-même quatre déjà. Dans une vingtaine d'années, ils seront peut être six cents. Voilà ce que c'est que d'*avoir foi en la vie*. On a des enfants et des bœufs à bosse à ne pouvoir les compter. On a aussi le Niger et ses archipels. Jusqu'à l'inconnu qui devient fécond. « La semence de l'inconnu étant jetée, elle pousserait en une moisson de fabuleuse puissance ».

Tout cela, est-il besoin de le dire ? se passe « *gaillardement*, sous le brûlant soleil des tropiques ».

Là-dessus, la vieille ancêtre féconde se lève, juste le temps de renouveler sa litière : « A la santé de celles qui aimeront, dit-elle, qui enfanteront, qui *créeront le plus de vie ! ! !* » Cette culasse antique est persuadée, sur la foi d'Emile, qu'on CRÉE la Vie.

Le gala terminé, il y a un dernier triomphe autour des très vieux époux féconds. « C'était le flot de la fécondité victorieuse qui les assaillait de sa joie... Eux, dans leur grand âge, dans l'ETAT DIVIN D'ENFANCE où ils retournaient, ne reconnaissaient pas toujours les gamins ni les gamines... Puis, il y avait là des mères en train de nourrir, qui donnaient le sein, assises sous les arbres, s'égayant entre elles, la gorge libre, dans une sérénité fière. C'était *la décisive victoire de la maternité féconde sur la virginité tueuse de vie.* »

Puis, encore le refrain :

« Le lait ruisselait sans fin des gorges nourricières, sève éternelle de l'humanité vivante. Et ce fleuve de lait charriait la vie à travers les veines du monde, et il se gonflait, et il débordait, pour les siècles infinis ».
Idiot.

7. — On m'apporte enfin le *dernier* feuilleton de « Fécondité ». Dieu soit loué dans tous les siècles des siècles !

Quelques citations :

« Le plus de *vie* possible, pour le plus de bonheur possible. Tel était l'*acte de foi en la vie* ». Un million, j'offre un million à celui qui m'expliquera ces mots.

« Il ne s'est pas fait dans l'Histoire un seul pas en avant, sans que ce soit le *nombre* qui ait poussé l'humanité en sa marche ».

Il n'y a jamais eu de *grands hommes*, de tuteurs de peuples — avant Emile. C'est bien entendu. On croit, à Médan, que César est un mot assyrien qui signifie *multitude*. C'est admirable comme les idées basses vont à cette caboche de rétameur littéraire accoutumé à gueuler son industrie dans les quartiers pauvres !

« Le travail obligatoire. Il n'est pas vrai qu'il soit imposé aux hommes en châtiment du péché... Il est, au contraire, *l'âme même du monde* (???) Que des enfants poussent, ils ne seront que des instruments de richesse ». Ainsi parlent en chuchotant, quand il leur reste un semblant d'âme, les marchands d'esclaves.

« Et c'est la *vie* encore qui aura vaincu, la renaissance de la *vie*, honorée, adorée ; de cette *religion de la vie*, écrasée sous le long, l'exécrable cauchemar du catholicisme ».

Le culte de l'avenir, c'est « la femme féconde et la terre féconde ». Voilà. Dans
chaque ville ou village, deux temples : le
temple du Travail et le temple du Cul. Autour du premier, à la place des ordinaires
boutiques d'objets de piété, des marchands
de triques, de fouets, de cravaches, d'ai-
guillons, de licous, de nerfs de bœuf, etc.
Dans le voisinage du second, un humble
commerce d'éponges hygiéniques, de bidets,
d'irrigateurs, de cartes transparentes, de
préservatifs même, en général de tous les
accessoires que peut désirer une piété sage,
quoique ardente. Ce sera bougrement plus
beau, en effet, que le Christianisme, — n'est-
ce pas, Francis de Pressensé?

« Matthieu et Marianne finissaient en *héros de la vie*. Et, dans leur grandeur de héros, il y avait aussi tout le désir dont ils
avaient brûlé, le divin désir, fabricateur et
régulateur du monde qui les avait visités *en
coups de flamme* ». Ah! cela fait du bien de
la retrouver, une dernière fois, cette bonne
vieille connaissance de phrase !

Il paraît que les deux vieillards pensent

beaucoup au cimetière, où leurs innombrables enfants accompagneront, sans doute,
avec allégresse, de si tenaces gâteux. « Ils
espéraient s'y coucher ensemble, le même
jour, car ils ne pouvaient concevoir la *vie* (!)
l'un sans l'autre ». Ai-je bien entendu, Sei-
gueur ? Est-ce que ces deux momies vont
faire encore des enfants, dans leur sépulcre ?...

Quel peut bien être le fond, la pensée intime de ce misérable esprit, de ce transcrip-
teur nuisible de lieux communs, de cet imbécile à faire pleurer ? Il me semble que le
mot *vie* qu'on rencontre presque à chaque
ligne dans ce dernier feuilleton et qui remplit tout le roman, pourrait bien être la clef
de l'endroit.

Ici, je demande pardon aux chrétiens, à
toutes les catégories de chrétiens, depuis les
héroïques, s'il en est encore, — mais ceux-là
ont mieux à faire que de me lire — jusqu'aux
rondouillards et aux pachydermateux. Il y a,
je le sais trop, des rapprochements d'idées
qui sont horribles et des accointances de
mots qui ressemblent à des blasphèmes.

Pourtant, la vérité doit être dite.

Or, nous savons, par l'Evangile, que c'est Jésus qui est la Vie, et que c'est lui-même qui nous l'enseigna : *Ego sum vita*. Tout le christianisme est là pour les intelligences capables de l'Absolu.

Certes, ce serait outrager indiciblement les Esprits agiles et incandescents des cieux, de supposer à Zola, le temps d'un éclair, une pareille intelligence. Mais, sans comprendre, il a pu lire ou entendre dire qu'on croyait cela parmi les chrétiens, il a pu voir là, avec ses gros yeux sans lumière, une sorte de formule pieuse qu'il y avait moyen d'utiliser, en la profanant, en la mettant à pourrir, comme une fleur désespérée, dans la boue épouvantable de ses entrailles. Il est bien connu, d'ailleurs, qu'un instinct venu d'En Bas, avertit toujours, infailliblement, ces domestiques du Démon.

Alors apparaît une phraséologie, stupéfiante et, surtout incompréhensible, aussi longtemps que l'idée de *sacrilège* par l'abus de la Parole ne se présente pas à l'esprit.

Ainsi, et seulement ainsi, peuvent s'expli-

quer les assemblages de mots, si stupides
autrement, tels que : « la foi en la *vie*... la victoire de la *vie*,... la *religion de la Vie*... les
héros de la *vie*,... la *vie* exigeant l'hé-
roïsme,... l'insatiable *vie* qui veut qu'on lui
donne *tout* »,... et, pour terminer, « la cité
de paix, de vérité et de justice, c'est-à-dire
« le règne uniquement désirable de la VIE
souveraine, maîtresse enfin du temps et de
l'espace »...

Remplacez le mot « vie » par le Nom terrible, *in quo omne genu flectatur cœlestium,
terrestrium et infernorum*, et voyez si ce n'est
pas à faire peur !...

On m'a raconté qu'un belge, extrêmement emballé par les œuvres du Crétin, ré-
solut, un jour, de le voir.

Incapable de se contenir, il vole à Paris,
puis à Médan, et, sur le point de sonner à la
grille de cette maison disgracieuse qui ressemble à un roman de la série, il s'avise tout
à coup d'un homme grave, en bretelles, et
au front austère sillonné de plis innombrables,... en train de vomir du haut d'une fe-
nêtre ou d'un balcon.

— Quel est ce porc ? demanda l'enfant de
la Meuse à un paysan.

— C'est monsieur Zola, répondit le rustre.
Que de lumière dans ce récit !

Ai-je tout dit de ce malheureux qui va
mourir, sans savoir qu'il fut quarante ans
un imbécile et quarante ans un malfaiteur ?
Peut-être. Cependant je ne voudrais pas
m'éloigner sans lui avoir fait l'aumône.

Mon pauvre Emile.

Il va donc falloir nous quitter !...

Rien de bon, hélas ! ne peut être cru ni
même supposé d'un individu tel que toi qui
n'eus jamais une pensée noble ni un mouvement généreux. Souviens-toi de ton océan
d'ordures... En ce qui concerne Dreyfus,
comment veux-tu qu'on présume le désintéressement d'un avocat qui avait tant à gagner et si peu à perdre ?

Tout le monde ne sait-il pas, depuis une
génération et demie, que tu es une indicible
crapule, infiniment difficile à classer et tout
à fait innommable ? Jules Barbey d'Aurevilly, le haut artiste qui refusa si obstiné-

ment de te laisser frotter son parquet, l'a beaucoup trop dit pour qu'on l'ignore. Qu'y puis-je?

Si je te parle, Zola, si je trouve la force de surmonter l'horrible dégoût que tu m'inspires, c'est que je pense, tout de même, à ta pauvre âme.

Tu veux absolument qu'on t'admire pour avoir défendu ce capitaine, pour avoir *accusé* — les autres!...

Oh! la vision douloureuse qui m'est venue, dans l'humble église de Kolding, en faisant le Chemin de Croix, au moment où je priais devant une image barbare de la XIIe station!

Quelqu'un qui a le malheur de te lire et que je ne veux pas nommer, m'avait exprimé, peu de jours auparavant, le plus fier dédain pour les êtres — indignes de tout intérêt — que tes livres ont pu souiller, c'est-à-dire, au fond, le dédain pour les petits, les pauvres, les faibles, les vaincus, les écrasés. « Qu'importe, m'écrivait-il, à côté d'un si grand rôle et lorsqu'on a un si puissant levier (la plume de l'auteur de *J'ac-*

cuse, bien entendu), qu'importe l'imbécile roman *Fécondité ?* »

Ce dédaigneux, qui est une des conquêtes les plus récentes et les plus déplorables de l'Alexandre des boutiquiers, a passé au fond de moi, dans un sombre sillon de ma mémoire. Et, au même instant, à la même seconde, sans que ma prière en fût troublée, je crus voir un des *écrasés* de tout à l'heure, dans une île de l'Abîme, tenu par des chaînes spirituelles plus fortes que le fer, séquestré dans une infernale privation d'espoir, et dont le *procès* ne pouvait, ne devait jamais être revisé par aucun homme.

Le *Mercier* de ce cauchemar se nommait Emile Zola. Il gagnait quatre cent mille francs par an à vendre la mort, et n'avait jamais fichu un sou à personne. En conséquence, plusieurs millions de sots ou de chenapans le considéraient à l'égal d'un très grand homme, et il conchiait à son aise un peuple, autrefois chrétien, que la justice de Dieu avait mis par terre.

Donc, encore une fois, je pense que le comble de la bêtise est de croire que tu aies

pu être magnanime, une seule heure, que
tu aies pu faire quelque chose de généreux.
Ta nation n'est pas ainsi, ta nation apostate
et dégénérée. Si tu as paru accomplir un
acte propre, c'est que tu avais ou croyais
avoir un intérêt à l'accomplir, — cet intérêt
ne dût-il être manifesté qu'au Dernier Jour.

Voyons, vieux caresseur du Tiers Etat,
vieil excitateur du phallus des gens paten-
tés, avoue que tu te souviens de ton article
publié par le *Figaro*, à la date du 18 janvier 1896, et que tu avais intitulé : « Le solitaire ». Ce solitaire, c'était toi, l'homme
pourtant des troupeaux, des multitudes, mais
la logique te visite peu. Tu te croyais, alors,
un sanglier. « Tout écrivain, disais-tu, qui
ne gagne pas d'argent est un *raté* ». Sha-
kespeare en gagnait fort peu et le Dante
moins encore. Tu leur es donc très supérieur.
Voilà qui est entendu. L'article, d'ailleurs,
était horriblement écrit.

Conviens-en, tu as toujours le même cata-
plasme sur ce qui te sert de cœur. Oui, sans
doute, je comprends, tu souffres d'être cru,
par les jeunes — peut-être aussi par quelques

11

vieux de mon espèce — un jean-foutre et un gaga. Ta probité vénitienne te força de confesser, dans le dit article, cette tablature sans grandeur. Il ne te fut pas possible de cacher que tu gueulais en bavant, à la seule pensée que les jeunes hommes, qui lisaient passionnément des poètes pauvres tels que Barbey d'Aurevilly, Villiers de l'Isle-Adam et Paul Verlaine, te considéraient comme une vieille truelle à merde. Etait-ce ma faute? je te le demande.

Il te fallait, à tout prix, une revanche, et l'affaire Dreyfus, heureusement, s'est présentée. « *Dans ton grand âge, dans* L'ÉTAT DIVIN D'ENFANCE *où tu retournais* », c'était bien naturel que tu voulusses paraître un héros. Tu as donc défendu, *sauvé* Dreyfus qui est, maintenant, lépreux de toi et qui aimerait mieux son île du Diable, s'il te connaissait.

A mon avis, le crime le plus authentique, rémunéré de l'expiation la plus infamante, est préférable à une innocence avérée par toi. Mais voici ce qui est à faire reculer la croupe des constellations :

L'auteur de *La Terre* et de tant d'autres
saletés, devenu le vengeur de l'Innocence
opprimée ! le revendicateur de la Justice !!
le témoin de la Vérité !! !

La voilà, la honte dernière ; le voilà, le
dernier outrage pour la France !

Vivent les morts !

La France était ivre de gloire militaire,
depuis Napoléon, surtout. La guerre de 1870
l'a dessoulée d'une façon terrible. Quelque
chose, pourtant, reste encore de l'ancienne
ivresse. Le renouveau de gloire du grand
Empereur, dans ces dernières années, le
prouve bien.

On démontre, aujourd'hui, à cette malheu-
reuse nation que ses généraux sont des
brutes ou des scélérats, que sa grandeur
militaire n'existe plus... Et voilà la France
au désespoir !

Quelle occasion pour toi, Emile ! Tu ne
l'as pas ratée. C'est une justice à te rendre.

Mais maintenant, ô misérable, maintenant
que ton grief de très bas voyou est concédé,
aujourd'hui que l'Occident des Saints et des
Héros est dans ton ordure, penses-tu, vrai-

ment, que mille galériens innocents, récupérés par ta sale prose, pourraient te faire pardonner cette profanation inexprimable?

Ecoute, si tu es capable d'écouter et de comprendre. Tu es né, on ne sait où, comme naissent les inexistants. Soit. On dit que tu es une relavure de Venise. J'y consens. On naît où on peut et on est ce que Dieu veut.

Mais être absolument dénué de ce qu'on nomme, depuis des siècles, *l'esprit français*; être un cul de plomb, un balourd congénital et continental, aussi incapable de dérider le front des autres que de *déplisser* le sien ; et, en même temps, ... régner sur la France ! voilà ce qui enfonce tout. Je suis forcé de le reconnaître.

Qui le croirait, cependant? Cela ne te suffit pas. Il te faut les siècles à venir. Tu as écrit à Mme Dreyfus que tu étais un POÈTE et qu'à cause de cela, une postérité lointaine observerait tes consignes !...

Comment est-il possible, mon pauvre garçon, que tu n'aies pas un ami pour t'apprendre que dans l'heure qui suivra ta mort, probablement aussi prochaine qu'ignomi-

nieuse, il ne se trouvera pas un être humain
capable de dire ce que tu as écrit ou ce que
tu n'as pas écrit ; et qu'un peu plus tard, tes
acheteurs s'évanouissant et les goguenots
eux-mêmes découragés par l'immensité de
ton *bouillon*, tu deviendras une *très mauvaise affaire ?*

Triste Zola, il ne te restera plus que les
Pères Augustins de l'Assomption et leur
« trou d'balle (1) » !

Ceux-là, j'ose l'espérer, connaîtront bientôt ce qu'ils te doivent et seront peut-être,
— ayant, enfin ! lâché leurs soutanes, — les
derniers lecteurs.

Ici, Emile, tu ne comprendrais plus. Je te
lâche donc et je parle à d'autres.

Il faudrait une parole plus qu'humaine
pour apprécier comme il faut l'avilissement
sacerdotal représenté par ces effroyables religieux. Le scandale récent du journal *La*

(1) Voir plus haut, page 132. Même maison, *Pèlerin*,
24 septembre. En tête, l'Image de Marie au-dessous des
mots : « Adveniat regnum tuum » et, en queue, un
vaste *pot de chambre*. Idée du Père Bailly.

Croix, pour ne rien dire de quelques autres
feuilles de piété, est à reclouer le Sauveur.

L'ignorance et, surtout, l'impiété modernes, on le sait, tiennent beaucoup à ne
voir qu'un homme dans le Prêtre. C'est, je
crois, la plus basse des idées du siècle, la
plus universellement préconisée, par conséquent. Il était donc inévitable que les ra-
vages d'un tel esclandre fussent énormes
chez un peuple qui eut, tant de mois, le
spectacle sans nom d'un groupe de prêtres
acharnés sur un pauvre homme dont ils
savaient l'injuste condamnation, et chaque
matin, — la bouche pleine du Sang du Christ
— léchant les bottes, crottées de sang, des
tourmenteurs !

Ils sont rares, aujourd'hui, les chrétiens
qui savent que le christianisme est *tout entier*
dans le Sacerdoce !

J'ai pour ami, une sorte de mathématicien
qui, par un de ces miracles dont l'entende-
ment des hommes est déconcerté, a pu
garder une âme vivante et une intelligence
capable d'un certain nombre de vibra-

tions (1). Ce brave garçon vient de m'écrire une lettre de démence pour me déclarer qu'après l'inconcevable turpitude offerte par ces religieux qui espèrent ainsi se faire bien venir d'un gouvernement athée, il ne sentait plus aucun besoin de la médiation d'aucun prêtre entre Dieu et lui.

Combien d'autres que je ne connais pas ! Rien à faire évidemment. Le scandale donné par des hommes qui ont reçu le pouvoir de consacrer le Pain et le Vin et de mettre en fuite les démons, est un scandale certain, une contamination que rien n'efface.

... Et ce serait du délire d'essayer de faire pénétrer dans une boîte cranienne de la fin du siècle, cette évidence rudimentaire que la certitude mathématique n'est pas ébranlée par l'indignité d'un géomètre ou de dix mille géomètres, et qu'il n'est au pouvoir d'aucun mauvais prêtre d'infirmer l'autorité des Commandements de Dieu ou des Commandements de l'Eglise.

(1) Ai-je besoin de dire que ce mathématicien m'a lâché ?

Cela excède la capacité du cerveau contemporain.

Cette affaire Dreyfus, d'ailleurs, dont j'ai
parlé fort à contre-cœur, uniquement à cause
de Zola, est, sans contredit, une des plus
étranges du monde. Je ne dis pas des plus
grandes, mais des plus étranges.

De même que les catastrophes célèbres,
elle a servi à *cribler* les âmes. Déchet immense, épouvantable. On a su le nombre infini des imbéciles, des lâches, des renégats,
des esclaves, des prostitués, des bourreaux,
et que ce nombre est également réparti *des
deux côtés*.

Comme si quelque chose de profond et de
tout à fait intime était en danger, on a vu des
multitudes perdre la raison, non seulement
en France, mais en Europe et par toute la
terre. Je cherche une époque où le délire du
mensonge, de la sottise furieuse et de la fé-
rocité hypocrite ait été plus *universel*.

Tout cela dépasse infiniment le capitaine
juif et ressemble au prodrome du Cata-
clysme. Depuis que l'immonde et stupide

procès de Rennes est fini, comment douter que le malheur de cet homme ait été un prétexte pour les deux sortes de chiens qui se disputent la France à coups de gueule.

Le captif de l'îlot du Diable rendu à sa famille et buvant du lait n'intéresse plus personne. Nul ne parle plus de lui. La machine de guerre a cessé de fonctionner, l'ustensile est au rancart ; mais chaque troupe de maudits a gardé sa position de combat, sa ligne de bataille.

Et l'oubli complet de ce nom de malheureux dont on avait assourdi la terre, le silence venu soudain, après une si énorme clameur, ont je ne sais quoi d'effrayant.

On attend QUELQU'UN.

POST-SCRIPTUM

> Messieurs les jurés, vous ne condamnerez pas Emile Zola. Il est l'*honneur* de la France !
>
> Me LABORI

Ce matin, 14 octobre, je reçois un exemplaire de « Fécondité » qui vient de paraître. Masse énorme de 750 pages et de 26.000 lignes ! ! !

J'apprends, alors, que ce bouquin est le premier d'une série nouvelle qui s'intitule incroyablement :

Les Quatre Evangiles

L'*Aurore* n'avait pas divulgué cette marque. Le Crétin voulait une surprise et, ma foi ! je l'ai eue, pour ma part, en pleine poitrine. Le moyen, en effet, de deviner qu'un écrivain si salaud eût tant d'esprit ? ! ! !

Tout s'éclaire, maintenant, le choix du nom de *Matthieu* et les listes *généalogi*-

ques, probablement aussi quelques autres détails, inintelligibles aussi longtemps qu'on ignore les intentions de cet exégète qui sait à peine lire, dont l'ignorance est infinie et qui comprend le Texte sacré comme une vache italienne peut comprendre l'Oraison Dominicale.

Il serait évidemment sans intérêt de constater, une fois de plus, l'impiété parfaite et, si j'ose dire, la mauvaise foi dans l'impiété, d'un scribe de bas étage dont chaque **ligne est saturée**, à son insu, des formes chrétiennes qu'on lui inculqua dans sa misérable enfance première, et qui ose « parler de l'exécrable cauchemar du Catholicisme » !

Avant d'exhaler à propos du capitaine « martyr », l'indignation sans éloquence d'un paralytique ; avant de baver, contre tel ou tel soldat, des accusations de mensonge, de banditisme ou de forfaiture ; ne pense-t-on pas que ce justicier de la garde-robe, ce chevalier de l'évacuation se devait auparavant disculper lui-même des calomnies honteuses de son lâche roman sur Lourdes et

des basses blagues de son pamphlet contre
Rome où il ne pardonnera jamais à aucun
humain d'avoir été accueilli comme un
merdeux ?

Mais que dis-je ? Depuis quelques lustres,
il écrit, sans doute, *par ordre*, comme d'autres acquittent les criminels ou condamnent
les innocents. Les sociétés occultes affiliées
à tous les démons, seraient par trop sottes,
vraiment, de ne pas utiliser un aussi parfait
esclave !

Attendons, maintenant, les trois Evangiles
à paraître. Emile s'accorde ainsi à lui-même,
généreusement, trois années encore, pour le
moins.

Ernest Hello — dont il est, sans doute,
incapable de déchiffrer une ligne et dont il
ignore jusqu'au nom — a dit plusieurs fois,
et de différentes manières, que lorsqu'un
homme triomphe en lui-même, croyant avoir
dompté le destin, et qu'il assigne la Provi-
dence à comparaître devant lui, sa mort est
proche. Espérons !

Pour en finir avec les *Quatre Evangiles*, il
n'est pas difficile de prévoir que le protago-
niste du premier se nommant Matthieu, celui
du second sera Marc, celui du troisième Luc
et celui du quatrième Jean. Cette idée rudimentaire est tout à fait dans les moyens
d'Emile Zola.

Mais voici ce qui m'embarrasse. Pour
saint Luc et pour saint Jean, cela va tout
seul. Saint Luc lui fournira l'occasion d'un
blasphème immonde qu'on peut deviner, qui
réjouira tous les commis-voyageurs et dont
sa gloire sera incalculablement augmentée.
Saint Jean lui prêtera les ailes de l'Aigle.
On saura décidément que « la Parole est en
lui, Zola, et que c'est lui qui est la Parole ».
C'est très-simple, comme on peut voir.

Pour ce qui est de saint Marc, je ne sais pas.
Je ne vois guère que le *Lion* qui pourrait servir. Encore faut-il savoir ou se rappeler qu'un
jour, ce pauvre putois d'Emile s'est dit lui-
même un lion (*Gil Blas*, 25 mars 94).

Au fait quelle occasion de continuer la

petite réclame pour le Niger et la colonisa-
tion du Soudan, lequel paraît être, en effet,
un sacré pays plein de « lions noirs » et de
« bœufs à bosse » !

Il est vrai que ce puant peut crever demain. C'est la grâce qu'il faut charitable-
ment souhaiter à des damnés qui ne peuvent
plus qu'accroître la rigueur inexprimable de
leurs châtiments éternels.

TABLE

ACHEVÉ D'IMPRIMER

le 15 Septembre mil neuf cent

Par BUSSIÈRE

POUR

la « **MAISON D'ART** »

www.ingramcontent.com/pod-product-compliance
Lightning Source LLC
Chambersburg PA
CBHW051832020726
47502CB00005B/1746